W0238477

Massimo Carlotto
Die Frau am Dienstag

„Carlotto zählt zweifelsohne zu den großen italienischen Autoren." Hamburger Abendblatt

„Carlotto beschreibt die Unterseite der sichtbaren Wirklichkeit." NZZ

„Carlottos ironische Gelassenheit ist so fein wie bewundernswert." FAZ

„Gerade weil der Schriftsteller die Sphäre der Illegalität aus eigener Erfahrung kennt, traut man ihm heute die Rolle des unbestechlichen Beobachters zu." Süddeutsche Zeitung

„Wenn Dostojewski mit Schuld und Sühne den großen Roman über die Metaphysik des Mordens für das 19. Jh. geschrieben hat, dann entwirft Carlotto in seinen Büchern eine Psychologie des Verbrechens für unsere Zeit." Die Zeit

DER AUTOR

Massimo Carlotto, geboren in Padua 1956, ist einer der bekanntesten italienischen Roman- und Krimiautoren. Neben den Büchern mit der beliebten Figur des „Alligators“ hat er eine Vielzahl anderer Romane, Drehbücher und Bühnenstücke geschrieben. Seine Bücher wurden in viele Sprachen übersetzt und erfolgreich verfilmt.
Auf Deutsch bei Folio: *Der Tourist* (2017), *Blues für sanfte Halunken und alte Huren* (2019) und gem. mit Carofiglio / De Cataldo: *Kokain* (2013).

MASSIMO CARLOTTO

DIE FRAU AM DIENSTAG

ROMAN

Aus dem Italienischen von Ingrid Ickler

Unkorrigiertes Leseexemplar

Erstverkaufstag: 18. August 2020
Gebunden mit Schutzumschlag
220 S., 13,5×21 cm
ca. € [D/A/I] 22,–
ISBN 978-3-85256-815-7

E-Book
€ 16,99
ISBN 978-3-99037-109-1

TransferBibliothek
FolioVerlag

Für Franco Mazzetto

… und wir sind es, die den Mond leuchten lassen,
mit unserem Leben, das unter
Lumpen und Glasscherben verborgen ist.
Dieses Leben, gegen das sich die anderen verwahren,
als wäre es eine Beleidigung,
oder eine lästige Spinne …

Claudio Lolli

1.

Er kam immer als Letzter zu den Probeaufnahmen. Das war er sich schuldig. Ein alter Recke wie er, der sich von ganz unten hochgearbeitet hatte, musste sich nichts mehr beweisen. Es hatte eine Zeit gegeben, in der er alles dafür getan hatte, als Erster am Set zu sein und die Hosen runterzulassen. So funktionierte das eben im Pornogeschäft: Zuerst zeigte man, was man zu bieten hatte, und dann sah man weiter.

Heute behielt er die Hose an. Inzwischen wusste jeder, wie er bestückt war, doch wie viele Filme er in jungen Jahren schon gedreht hatte, das wusste nicht einmal er selbst, nur dass er meist der Hauptdarsteller gewesen war. Mit der Zeit hatte er begonnen, sich auf weniger akrobatische, komplexere und anspruchsvollere Rollen zu verlegen, in denen der Sprechanteil größer war.

Heute zum Beispiel sprach er für die Rolle eines Priesters vor, der die Intimität des Beichtstuhls dazu nutzte, eine junge, gelangweilte Hausfrau zu verführen, die ihm in ihrer Naivität gerade ihre fleischlichen Sünden gebeichtet hatte. Statt ihr nach ein paar Ave Maria auf den Knien die Absolution zu erteilen, stürzte er sie in die Abgründe der Wollust. Unterstützt wurde er dabei von seiner Haushälterin, einer hochgewachsenen russischen Blondine.

Die Handlung war ein Klassiker, er kannte den Text in- und auswendig.

„Was suchst du am frühen Morgen bereits hier, mein Kind? Noch dazu mit diesem sehnsuchtsvollen und beinahe lüsternen Blick?"

„Ich muss beichten, Vater. Als mein Mann aufstand, um zur Arbeit zu gehen, wurde ich in Gedanken und Taten in Versuchung geführt."

„Und du hast dieser Versuchung nicht widerstehen können?"

„So ist es, Vater. Ich habe mich sogar selbst unsittlich berührt."

„Zeig mir, wie."

Vom Beichtstuhl ging es ins Pfarrhaus, wo kurze Zeit später auch der eifersüchtige Ehemann auftauchte, der wiederum den Reizen der Haushälterin erlag. Eine Geschichte, in der Kirche und Ehe die Hauptrolle spielten, ein Genre, das vor allem in katholischen Ländern wie Italien und Polen gut ankam und in den USA immer beliebter wurde, wo das von der römisch-katholischen Kirche verordnete schlechte Gewissen seit jeher für sündige Fantasien sorgte.

Für bestimmte Konstellationen war er einfach gut, man könnte sogar sagen, er war der Beste und wusste genau, dass er die Rolle bekommen würde. Deshalb ging er es ruhig an, setzte sich in eine Bar und beobachtete den Hauseingang gegenüber, um seine Konkurrenten in Augenschein zu nehmen. Einige von ihnen kannte er, andere nicht. Sie waren jung und neu im Geschäft. Solche Typen nutzten jede Chance, sich zu präsentieren.

Auf die Frage: „Was kannst du?" antworteten sie meist: „Alles."

Falsche Antwort. Im Pornogeschäft musste man sehr präzise sein und seine Fähigkeiten und Kompetenzen genau umreißen können.

Er war immer wählerisch gewesen. Von manchen Rollen hatte er sich möglichst ferngehalten, selbst wenn ihm dadurch eine ganze Reihe von Filmangeboten entgangen war.

Allerdings stellte die Sicherheit, die Rolle in der Tasche zu haben, nicht den einzigen Grund für sein spätes Kommen dar. Er wollte in Ruhe mit Martucci, dem Produzenten, sprechen, und zwar allein, ohne neugierige Zuhörer. Im Filmgeschäft waren Klatsch und Tratsch an der Tagesordnung, vor allem wenn es darum ging, einen direkten Konkurrenten schlecht aussehen zu lassen.

Ihm lag daran, etwas zu erklären, was sich bei den Dreharbeiten zu *Italian Sex Sunday* zugetragen hatte und falsch interpretiert werden könnte.

Der Film war wie viele andere die Wiederauflage eines Klassikers: Fünf Paare, darunter zwei lesbische, feiern am Pool einer Villa eine Orgie. Er hatte die Hände fest um die Arschbacken einer slowenischen Darstellerin gelegt, mit der er schon oft gearbeitet hatte, als ein Sonnenstrahl auf ihre kupferroten Haare gefallen und er Zeuge eines herrlichen Lichtspiels geworden war.

Gerührt hatte er zuerst aufgeschluchzt, war dann in Tränen ausgebrochen und außerstande gewesen, irgendetwas dagegen zu tun. Und das, obwohl er sie weiter gevögelt hatte, ohne den Rhythmus zu verlangsamen. Dank Papaverin hatte sich sein Schwanz nicht weiter um seine Tränen geschert. Nur den Technikern und den anderen Darstellern war es aufgefallen, wie ihm ihre verblüfften Blicke bewiesen. Später hatte er sich bei allen, noch immer von Schluchzern geschüttelt, entschuldigt.

Die unerfahrene junge Regisseurin, die in ihrer Naivität annahm, dass das Drehen von Pornos in ihrer Biografie lediglich ein winziges Detail bleiben würde, hatte einen Nervenzusammenbruch wie aus dem Lehrbuch hingelegt. Er selbst, der in seiner langen Karriere inzwischen alles gesehen hatte und den nichts mehr überraschte, hatte seine Erektion betrachtet und gewusst, dass er noch mindestens eine Viertelstunde durchhalten würde, und den Kameramann angewiesen, die Szene zusätzlich aus einem anderen Blickwinkel zu filmen, der seine Tränen und seine Gefühlsausbrüche verbarg.

In der Pause war er von den anderen neugierig gefragt worden, was mit ihm los gewesen sei. Da er nicht die Wahrheit sagen konnte, hatte er die Geschichte eines an AIDS erkrankten Freundes erfunden, der nach jahrelangem, heroischem Kampf gegen das Virus am Vorabend gestorben sei. Damit war die Sache erledigt. Das Wort AIDS in den Mund zu nehmen hatte gereicht, um alle weiteren Nachfragen im Keim zu ersticken.

Doch jetzt musste er dem Produzenten versichern, dass sich ein solcher Vorfall nicht wiederholen werde, denn sonst musste er mit Konsequenzen rechnen.

Mit einundvierzig war die Konkurrenz immerhin groß, und er musste sich behaupten. Zum Glück wurden in solchen auf Ehe und Kirche basierenden Geschichten keine Rollen mit

Schwarzen besetzt, die ansonsten immer häufiger in den Produktionen auftauchten, nicht zuletzt, weil sie weniger kosteten. Das Rotlichtmilieu war eben das genaue Abbild einer Gesellschaft, die von gleichen Rechten, Gesetzen und Gott faselte, aber ganz anders handelte.

Die weißen Darsteller hingegen, besonders die aus Osteuropa, versuchten ihr Territorium mit den gleichen Argumenten zu verteidigen wie Politiker. Allerdings hielt er sich bewusst von diesen Diskussionen fern, da ihm längst klar geworden war, dass die Schwarzen im Pornobusiness genau wie im Sport bald die Mehrzahl stellen würden. Sie besaßen diese besondere Faszination, die man in der Branche *negrame* nannte, eine Bezeichnung, die aus dem kubanischen Spanisch stammte und besonders große, attraktive und leistungsfähige Schwänze beschrieb. Eine ursprüngliche, natürliche Manneskraft, die Begehren und Lust versprach. Die Weißen hatten all das verloren.

Vor allem er.

Und ob ihn in Zukunft die Sinnlichkeit einer Brustwarze oder das Lächeln einer Bühnenbildnerin ein weiteres Mal zu Tränen rühren würde, vermochte er weiß Gott nicht zu sagen.

Das ganze Dilemma hatte mit seinem Schlaganfall begonnen. An einem kühlen und grauen Januarmorgen, wie er für die Poebene typisch war, hatte er in der Bar gefrühstückt und war anschließend zum Fitnessstudio aufgebrochen. Unvermittelt hatte er sich irgendwo am Boden liegend wiedergefunden, bis nach neunzehn langen Minuten der Krankenwagen gekommen war, was er eher vom Hörensagen wusste. Seine Erinnerungen jedenfalls waren verworren.

Nach einem Hirnschlag könne plötzliches, völlig unmotiviertes Weinen auftreten, hatten ihm die Ärzte erklärt, als sie ihn über mögliche Folgen aufklärten, gesprochen hatte er mit niemandem darüber, sonst hätte er sich gar nicht mehr für eine Rolle zu bewerben brauchen. In seiner Branche musste man immer gut drauf sein, jede Krankheit war gleichbedeutend mit irgendeinem Übel, mit Ansteckung, mit Gefahr. Und das bedeutete, dass man nicht mehr als verlässlich galt. Aus diesem Grund sagte man lieber nichts.

Trotzdem wusste er genau, dass es bloß eine Frage der Zeit war, bis er den Job an den Nagel hängen musste. Seit die Ärzte ihm gesagt hatten, dass er die Pillen und all die anderen Wundermittelchen für seine Potenz nicht mehr nehmen dürfe, wusste er, dass das Ende in Sicht war.

„Ich habe allein dieses Arbeitsgerät, und das muss funktionieren", hatte er gestammelt.

„Versuchen Sie es mit Eiweißpräparaten", war der Rat einer gut aussehenden Ärztin gewesen, der vom stellvertretenden Chefarzt sofort entkräftet wurde. „Das hilft höchstens bei einem morgendlichen Quickie."

Neben dem Wort Krankheit war die Bezeichnung Quickie in seiner Branche tabu. Sofern der Penis in der Größe nicht mit anderen Hengsten konkurrieren konnte, musste zumindest die Dauer der Erektion stimmen. Und die Fähigkeit, selbst bei häufigen Unterbrechungen beim Dreh sofort wieder einsatzbereit zu sein. Als er vor vielen Jahren mit dem Job begonnen hatte, waren chemische Hilfsmittel wenig verbreitet gewesen, doch ganz selten hatte ihm die nötige Standfestigkeit gefehlt, da ihm Sex Spaß machte. Wenn die Auftragslage beim Film schlecht war, hatte er deshalb nebenher als Gigolo gearbeitet.

Am Tag stand er vor der Kamera, nachts ging er auf den Strich.

Als man ihm das erste Mal angeboten hatte, als Gigolo zu arbeiten, war ihm eingefallen, mal gehört zu haben, dass die Bezeichnung für diesen Beruf vom französischen *giguer, gigoter* kam, was so viel wie tanzen oder strampeln bedeutete. Daraufhin wurde er Experte dafür, auf den Tanzflächen der Diskotheken in den umliegenden Badeorten herumzuwirbeln, während die kurenden Damen zwischen vierzig und fünfzig ihm begehrliche Blicke zuwarfen. Am Ende des Abends gab es immer eine, die für ihn bezahlte. Er wusste, was zu tun war, die Frauen vertrauten sich ihm an, und er tat alles, um ihnen ihre geheimsten Wünsche zu erfüllen. Mit Leidenschaft und Fantasie.

Mittlerweile hatte er gerade mal eine einzige Kundin: die Dienstagsfrau.

Sie war keine Bekanntschaft aus der Diskothek, sondern war zu ihm gekommen, nachdem ihr eine Bekannte, die er Ende Juli in Bellaria getroffen hatte, von ihm erzählt hatte. Und aufgrund der ausgesprochen positiven Beurteilung war sie zu ihm in die Pension Lisbona gekommen, in der er seit einer Ewigkeit wohnte.

„Ich nehme nicht an, dass Sie ein Zimmer mieten wollen", hatte Signor Alfredo, der Besitzer, sie an der Rezeption begrüßt.

„Um Gottes willen, nein", hatte sie schockiert geantwortet und ihn überrascht gemustert, weil ihr männliches Gegenüber

Frauenkleidung trug. „Ich suche nach einem Herrn namens Bonamente Fanzago."

„Zimmer drei", hatte Alfredo gesagt und seine Perücke geradegerückt.

Eine Stunde später war sie sorgfältig gekleidet wieder herausgekommen und hatte keinen Zweifel daran gelassen, dass sie wiederkommen werde, immer dienstags zwischen drei und vier.

Seit neun Jahren tat sie das, begrüßte ihn, legte das Geld auf den Tisch, zog sich aus, faltete ordentlich ihre Kleider zusammen und glitt unter die Decke, nachdem sie vorher überprüft hatte, ob das Laken sauber war. Was den Sex betraf, verlangte sie nichts Extravagantes, einen klassischen Akt, bei dem sie den Rhythmus vorgab.

Die ideale Kundin. Vielleicht ein wenig zu penibel. Einmal hatte sie missbilligend den Mülleimer betrachtet und ihm einen Vortrag über Mülltrennung gehalten. Für die Zukunft der Menschheit. Auf der Schwelle war ein weiterer Hinweis gefolgt.

„Und das Präservativ bitte nicht ins Klo werfen!"

„Das mache ich nie", hatte er geantwortet, was natürlich eine glatte Lüge war.

Im Grunde fand er sie perfekt und war überzeugt, das einzige außerplanmäßige Detail in ihrem Leben zu sein. Er und das Treffen jeden Dienstag zwischen drei und vier.

Im vierten Jahr schließlich hatte er sich in sie verliebt und zu Beginn des siebten Jahres den Fehler begangen, ihr seine Gefühle zu offenbaren.

Zum ersten Mal in seinem Leben war er so von seinen Empfindungen übermannt worden, dass er nicht darauf achtete, was er sagte. Vielleicht hatte er sogar genau das Falsche von sich gegeben. Zumindest war sie daraufhin acht Monate lang nicht mehr aufgetaucht. Acht schreckliche Monate. Er wollte nach ihr suchen, bloß kannte er nicht einmal ihren Namen, so war das üblich für die Beziehung zwischen Kundin und Gigolo.

Eines Dienstags dann war sie wieder da gewesen, als ob nichts passiert wäre, und hatte das Geld an die gewohnte Stelle gelegt. Er hatte sie voller Leidenschaft und Wärme geliebt, aber ihr stand der Sinn ausschließlich nach dem körperlichen Akt. Mit Vehemenz hatte sie auf einen zweiten Orgasmus gedrängt, um offenbar für die lange Zeit der Abstinenz entschädigt zu werden.

Und nach dem Sex hatte sie sich außerdem nicht gleich wieder angezogen, sondern aus einer kleinen Ledertasche eine Flasche Whisky und zwei Gläser hervorgezogen, sie beide gefüllt und ihm eines gereicht. Anschließend hatte sie sich in den Sessel gesetzt, während er auf dem Bett sitzen geblieben war und sie anstrahlte. Das Lächeln erstarb jedoch, als sie ihm eröffnete, dass sie sich in den Monaten ihres Fernbleibens alle seine Filme angesehen hatte. Dienstags zwischen drei und vier.

„Und weil du dich so gut mit Priestern und Beichtstühlen auskennst, habe ich diesen Whisky ausgesucht", hatte sie gesagt und ihr Glas gegen das Licht gehalten. „Er hat die gleiche Farbe wie die Kruzifixe in den düsteren Kirchen auf dem Land. Dieser Malt ist vierzehn Jahre gereift, also alt und weise, und wird dir helfen zu vergessen, dass du dich in mich verliebt hast. Das ist besser so, weil ich dir niemals gehören werde. Ich bin einfach eine treue Kundin, die dich dafür bezahlt, dass du mit ihr ins Bett gehst."

Bonamente hatte wehmütig gelächelt, dabei brach es ihm in Wirklichkeit das Herz. Noch bevor er etwas erwidern konnte, sprach sie weiter.

„Mach die Augen zu und atme den Duft ein. Denk an Honig, getrocknete Aprikosen, Wiesenblumen. Und dann nimm einen Schluck. Im Mund ist er elegant, weich, zart, mit Aromen von Trockenfrüchten, Rosinen, Zabaione, und sein Duft enthält einen Hauch von Pfeifentabak."

Anschließend hatte sie eine Weile gedankenverloren geschwiegen, bevor sie mit einem Lächeln im Gesicht einen Song von Marianne Faithfull angestimmt hatte.

And I follow, follow, follow
The gypsy faerie queen
We exist, exist, exist
In the twilight in-between

Anschließend hatte sie die Beine breit gemacht und ihn gebeten, ihr die Möse zu lecken. Cunnilingus war eine seiner Spezialitäten und bei seinen Kundinnen in den Badeorten sehr beliebt gewesen, insbesondere bei den Italienerinnen und Schweizerinnen. Sie hatten erzählt, ihre Ehemänner würden das ablehnen. Als ob sie befürchteten, ihre Leistung im Bett werde für nicht gut genug gehalten.

Die Dienstagsfrau war fast sofort gekommen, sein Angebot, noch mal mit ihr zu schlafen, natürlich ohne Extrakosten, hatte sie hingegen abgelehnt. Sie meinte, drei Orgasmen dürften reichen, zudem war es schon kurz nach vier, die Zeit also um.

Ihr Gigolo, der ihr schweigend beim Anziehen zugeschaut hatte, war bis abends im Bett liegen geblieben und hatte nach den Worten gesucht, die er ihr hätte sagen können. So war es bei ihm ständig, die passenden Sätze fielen ihm erst hinterher ein. In dem Moment, wenn er sie brauchte, kam lediglich das Falsche über seine Lippen. Deshalb zog er in Streitgesprächen grundsätzlich den Kürzeren, sogar wenn es um etwas Irrelevantes oder Dummes ging.

Viel Zeit war seitdem vergangen. Jetzt saß er mal wieder im Vorzimmer eines Produzenten, dem er vorsprechen sollte und mit dem er reden wollte. Als Nächster war er dran. Er verzog das Gesicht, weil es in dem Raum durchdringend nach männlichen Ausdünstungen und billigen Cremes roch, die schnelle und lang anhaltende Erektionen versprachen und die es online zu kaufen gab. Um sich abzulenken, ging er noch einmal das Drehbuch durch.

„Zagor, du bist dran", rief Laura, die Regieassistentin.

Zagor war sein Künstlername. Bei seinem ersten Film war ihm auf die Schnelle nichts Besseres eingefallen. Damals hatte der Produzent gemeint, dass es im Pornogeschäft eine eher schlechte Idee sei, Bonamente Fanzago zu heißen. Leider galt das auch im richtigen Leben.

An seinem zehnten Geburtstag hatte sich sein Vater bei ihm für den Namen entschuldigt. Bonamente war der Name irgendeines Urahns der Marchesi gewesen, einer Adelsfamilie, von der die Familie Fanzago seit mehr als zehn Generationen

Land gepachtet hatte. Da sich durch gesellschaftliches Umdenken und Kriege die Stellung der Oberschicht dramatisch verändert hatte und die Herren von einst einen wirtschaftlichen Niedergang hinnehmen mussten, waren sie gezwungen gewesen, den treuen Pächtern das Land zu verkaufen. In diesem Zusammenhang hatte das Ehepaar Fanzago es überdies für recht und billig gehalten, sich gleichfalls des traditionsreichen Namens zu bemächtigen. Angeblich war der erste Bonamente ein bekannter Literat aus dem 15. Jahrhundert gewesen, was der gegenwärtige Namensträger nie überprüft hatte, um sich etwaige Enttäuschungen zu ersparen. Daher also der Künstlername Zagor.

Als er den Raum betreten hatte, waren vier andere Kandidaten für die zu vergebende Rolle von Lorenzo Martucci, dem Produzenten, mit einer ungeduldigen Geste nach draußen geschickt worden.

„Ich muss mit Zagor sprechen, allein", hatte er gesagt und ihn gebeten, sich zu setzen.

„Wie geht es dir? Hast du dich wieder erholt?", kam er direkt auf seinen Gesundheitszustand zu sprechen. „Oder heulst du immer noch?"

Bonamente erstarrte. Dass Martucci als Erstes sein gesundheitliches Problem ansprach und das Vorsprechen nicht einmal erwähnte, damit hätte er nie gerechnet. Nein, das war ganz und gar kein gutes Zeichen.

„Na ja, genau deswegen wollte ich mit dir reden und dir versprechen, dass so etwas nie wieder vorkommen wird und dass …"

„Die AIDS-Geschichte hast du dir ausgedacht, oder?“, unterbrach ihn der Produzent.

„Nein, wie ich gerade sagen wollte …“

„Schluss jetzt, Zagor. Man sieht dir deutlich an, dass du nicht gut drauf bist. Du wirkst deprimiert.“

Depression. Neben Krankheit und Quickie war dieses Wort das dritte Tabu in der Pornowelt. Immerhin besser indes, als dass er den Schlaganfall zugeben musste.

„Ehrlich gesagt, mache ich gerade eine schwierige Phase durch.“

„Und das seit einer Weile“, ergänzte Martucci unbarmherzig. „Du warst sechs Monate von der Bildfläche verschwunden. Sechs Monate, erklär mir das mal. Wo hast du gesteckt? Vielleicht in irgendeiner Privatklinik? Mir kannst du es ruhig sagen.“

„Das hatte mit familiären Problemen zu tun.“

„Mit welcher Familie? Wir kennen uns ewig, erzähl mir also keinen Scheiß.“

Bonamente schaute verlegen zu Boden, er war noch nie ein guter Lügner gewesen.

„Im Gegensatz zu früher kommt es heute immer häufiger vor, dass Künstler nach ein paar Jahren aus der Spur geraten“, seufzte Martucci.

Zwar wirkte der Produzent auf den ersten Blick eher hart und aufbrausend, doch er hatte ein gutes Herz.

„Die Rolle in *Affäre im Pfarrhaus* habe ich bereits vergeben. Keine Sorge, in Kürze beginnt der Dreh für einen Porno im Krankenhausmilieu, da gibt es geradezu eine Paraderolle für dich. Ein Patient erwacht mit einer furchterregenden

Erektion aus dem Koma und belästigt die Krankenschwestern. Wenn du willst, kriegst du die Rolle. Da kannst du heulen, so viel du willst, das musst du sogar. Es soll die harte Version von *Grey's Anatomy* werden, und ich brauche eine Szene, in der du dir einen blasen lässt mit deinem tränenüberströmten Gesicht in Großaufnahme. Das muss echt wirken, wie großes Kino, für so was bist du genau der Richtige."

Bonamente fiel ein Stein vom Herzen. Bis Martucci ihm noch einen Rat mit auf den Weg gab, der seine Illusionen zerstörte.

„Du solltest ernsthaft darüber nachdenken, dich aus dem Geschäft zurückzuziehen, Zagor. Der Porno entwickelt sich weiter, die neue Generation ist objektiv gesehen wesentlich fotogener als du. Jede Stunde sehen auf der Welt zweieinhalb Millionen Menschen einen Pornofilm, der Markt wächst, und das Genre braucht neue Impulse. Es ist wie in anderen Branchen, beim Fußball zum Beispiel. Ab einem gewissen Alter muss man sich etwas Neues suchen."

Der praktisch in die Wüste geschickte ehemalige Pornostar murmelte ein paar Worte zum Abschied und verließ geknickt das Zimmer. Er hatte das Gefühl, alle Sicherheit in seinem Leben verloren zu haben.

Niedergeschlagen ging er durch Nebenstraßen, in denen weniger Verkehr herrschte. Während seiner Rekonvaleszenz hatte er einen unsichtbaren Feind entdeckt, dem er um jeden Preis aus dem Weg gehen wollte. Eines Tages hatte er gehört, wie die Ärzte darüber diskutierten, dass bei Smog und hoher Feinstaubbelastung die Zahl der Patienten mit akuten Herzproblemen anstieg. Ob das genauso auf Schlaganfallpatienten zutraf, hatte er sich gefragt und Nachforschungen angestellt. Inzwischen glaubte er daran, denn am Tag seines Schlaganfalls waren die Schadstoffbelastungen in der Luft extrem hoch gewesen, die Feinstaubwerte wesentlicher höher als erlaubt. Die Schuld hatte man dem hohen Verkehrsaufkommen gegeben.

Die Psychologin auf seiner Station, die von Bett zu Bett ging und die Patienten darüber informierte, dass ihr Leben sich ab jetzt unwiderruflich verändern werde und man dieser Herausforderung mit dem nötigen Verantwortungsbewusstsein begegnen müsse, hatte ihm angekündigt, dass er die Welt von nun an mit anderen Augen sehen werde.

Teilweise hatte sie recht behalten. Anfangs musste er lernen, sich auf den Beinen zu halten, wieder zu laufen. Seine Beziehung zu seinem Körper wurde eine andere. Nie hatte er daran gedacht, dass man auf den Körper hören sollte und musste, um rechtzeitig zu merken, wenn er einem wieder einen Streich spielte. Und es gab noch etwas, mit dem er sich jeden Tag zu befassen hatte: seine Medikamente. Pillen, Tabletten, Pulver. Halbe, ganze, vor dem Essen, zum Essen, nach dem Essen, lange nach dem Essen. Viermal am Tag. Für immer.

„Sie müssen akzeptieren, dass Sie an einer chronischen Krankheit leiden. Nur die Therapie hält Sie am Leben“, hatte der Arzt auf die Frage geantwortet, wie lange er alle diese Medikamente nehmen müsse.

Eigentlich war er optimistisch gewesen, da seine Genesung recht gut verlief, die Logopädin zufrieden war mit seinen Fortschritten und er sich selbst immer besser fühlte. Die ärztlichen Prognosen hatten ihm hingegen einen Schlag versetzt.

Sobald er in sein Zimmer in der Pension zurückgekehrt war, hatte er im Internet recherchiert, was genau chronische Krankheit bedeutete.

Das seien alle Krankheiten, die mit einer langsamen und fortschreitenden Verschlechterung der normalen Körperfunktionen einhergingen, las er dort. Und aus diesem Grund bezeichne man sie als chronisch, als nicht mehr wirklich heilbar.

Er hatte geweint, hatte gar nichts dagegen tun können. Erst jetzt wurde ihm das volle Ausmaß seiner Krankheit bewusst und traf ihn bis ins Mark. Er hatte das Pillendöschen aus der Tasche gezogen, ein Geschenk des Apothekers an seinen neuen Stammkunden, und die Farben und Formen seiner Medikamente betrachtet. Rund, oval, weiß, gelb, orange … Wie schafften sie es überhaupt, seinen Blutdruck und sein Cholesterin unter Kontrolle zu halten, fragte er sich. Vorher hatte er sich nie darüber Gedanken gemacht, wie Papaverin seinen Schwanz hart wie Marmor werden ließ, jetzt wurde es wichtig. Diese Pillen würde er jeden verdammten Tag nehmen müssen bis zu seinem letzten Atemzug.

Bekanntermaßen retteten Medikamente einem das Leben, zumindest in der Theorie, dass sie genauso gefährliche Eindringlinge waren, verdrängte man gerne. Sie waren gleichermaßen gut wie böse. Sie beeinflussten den Organismus, veränderten ihn und heilten Krankheiten, aber manche Inhaltsstoffe konnten einen sogar ganz leicht vergiften.

Bonamente war fest davon überzeugt, dass die Chemie etwas Geheimnisvolles hatte, dass sie Fluch und Segen zugleich war. Daher betrachtete er sie nicht als eindeutig gute und freundliche Macht, fühlte sich vielmehr von ihr belagert, unterdrückt und bedroht. Immer, wenn er etwas aß, ein Glas Wasser trank oder durch die Straßen schlenderte, quälte ihn die Vorstellung, irgendetwas zu sich zu nehmen oder einzuatmen, das mit Chemie zu tun hatte.

Er versuchte dem Problem aus dem Weg zu gehen, indem er sich mit den Medikamenten nicht mehr befasste, sondern sie einfach schluckte. Sie in der Apotheke zu besorgen und die Einnahmezeiten festzulegen, das überließ er Signor Alfredo, der ihn mit der Präzision einer Krankenschwester überwachte. Er selbst sah sich immer mehr als Ergebnis eines falschen Lebenswandels, als Opfer der vielen Chemie, die er jahrelang zu sich genommen und die ihn Tag für Tag schleichend vergiftet hatte.

Und heute hatte Martucci in seiner Hellsicht ihm eine Rolle angeboten, die perfekt zu diesem Dilemma passte. Die des Komapatienten, der nach seinem Aufwachen den Krankenschwestern an die Wäsche geht. Es würde seine letzte sein, das Ende seiner Karriere.

Bislang hatte er sein Leben nicht allzu ernst genommen, hatte keine Angst vor der Zukunft gehabt, jetzt könnte das anders aussehen.

Er war in einer ehrgeizigen Familie aufgewachsen, in der die feste Entschlossenheit herrschte, der sozialen Schicht zu entwachsen, der man über Generationen angehört hatte. Er sollte in die Fußstapfen seines Vaters treten und alle sich ihm bietenden Möglichkeiten nutzen, doch er war Zagor geworden, weil alles, was mit gesellschaftlichen und familiären Beschränkungen zu tun hatte, eine Horrorvorstellung für ihn war. Was ihm am meisten Angst eingejagt hatte, waren die Dynamik in den Familienbeziehungen, die Last von

Gefühlen, die Verpflichtungen, die Abneigungen gewesen. Mit etwa fünfzehn hatte er sich geschworen, nie zu heiraten, mit zweiundzwanzig sich einer Vasektomie unterzogen, um keinen Nachwuchs zu produzieren. Er war weder beim Militär gewesen, noch hatte er ein Studium in Erwägung gezogen. Er wollte nichts hinterlassen, sondern seine Zeit auf Erden möglichst unproblematisch verbringen.

Sorgfältig hatte er die Spuren seines Lebens verwischt und seit Langem nichts mehr von seiner Familie gehört. Nachdem ein Freund seinem älteren Bruder Fabio eine DVD mit einem Film geschenkt hatte, in dem Zagor einen sadomasochistischen Exorzisten spielte, war es vorbei gewesen mit den Kontakten.

Dabei hatte er viele Beziehungen zu schönen Frauen gehabt. Kein Wunder. Er sah gut aus, besaß einen attraktiven Körper, war zudem sympathisch und durchaus in der Lage, ein halbwegs intelligentes Gespräch zu führen. Und keine der Frauen, mit denen er Affären gehabt hatte, stammte aus dem Pornomilieu, er wollte Job und Privatleben trennen. Dauerbeziehungen allerdings waren für ihn von vornherein ausgeschlossen, und die Affären dauerten nie lange an. Man trennte sich ohne Zorn und Bedauern und auch ohne besondere Erinnerungen.

Jedenfalls bis zu dem Moment, als er sich in die Dienstagsfrau verliebt hatte. Seitdem richtete sich sein Gefühlsleben einzig auf den Dienstag von drei bis vier. Obwohl er es höchst ungern zugab, waren diese Treffen für ihn die perfekte Beziehung. Mehr konnte und durfte er nicht erwarten.

Diese Frau, von der er weder Namen noch Telefonnummer wusste, hatte ihn verhext. So sehr, dass er sich ausschließlich auf sie konzentrierte und unter der Angst litt, sie zu verlieren. Und diese Angst war konkreter geworden, seit er ein behinderter Gigolo geworden war, der aufgrund eines Schlaganfalls keine chemischen Hilfsmittel für seine Potenz mehr nutzen durfte. Im Augenblick war die Leidenschaft zwar so groß, dass das nicht nötig war, dennoch blieb die Angst vor dem Versagen: An dem Tag, an dem er sie nicht mehr würde befriedigen können, würde er sie verlieren.

Eine Überlegung, die seine Angebetete selbst vielleicht schon angestellt hatte, schließlich wusste sie ja von seinem Gesundheitszustand.

Eines Tages hatte er im Krankenhaus die Augen aufgeschlagen und in ihr Gesicht geschaut.

„Wie geht es dir?", hatte sie besorgt gefragt und ihm über die Wange gestreichelt.

„Wie es aussieht, war es ein Schlaganfall, zum Glück geht es mir bereits besser", hatte er mit wild klopfendem Herzen geantwortet, denn dass die Dienstagsfrau zu Besuch gekommen war, das vermochte er nicht zu fassen. Tief bewegt hatte er begonnen, sich zu rechtfertigen: „Bei dem Leben, das ich führe, du weißt ja ..."

Sie hatte ihm einen Zeigefinger auf die Lippen gelegt und leise gesagt: „Erhol dich gut." Und dann war sie verschwunden.

Der Besuch hatte ihn so aufgeregt, dass die Ärzte ihm Medikamente geben mussten, um seinen Blutdruck wieder in den Griff zu bekommen.

Später erfuhr er, dass der Besitzer der Pension sie über seinen Gesundheitszustand informiert hatte, als sie wie jeden

Dienstag dort aufgetaucht war. Und weil er ihr nicht traute, hatte er ihr gewaltig Angst gemacht.

„Signor Fanzago geht es sehr, sehr schlecht, er fragt ständig nach Ihnen. Ich würde an Ihrer Stelle lieber mal ins Krankenhaus gehen und diesen armen Mann ein wenig zu trösten versuchen."

Er selbst besuchte ihn jeden Tag, in männlicher Ausführung. Er trug Jackett und Krawatte, dazu hoch sitzende Hosen, wie sie alte Männer trugen. Lediglich wenn man ihn genauer anschaute, erkannte man einen Hauch Make-up im Gesicht, den er vergessen hatte wegzuwischen.

„Ist das Ihr Vater?", fragten die Krankenschwestern, die den komischen Typ mochten, der ihnen sonntags immer Süßigkeiten mitbrachte.

„Um Gottes willen, das ist mein bester Freund", antwortete Bonamente.

Zu gut erinnerte er sich noch daran, wie er das erste Mal die Pension Lisbona betreten hatte, die ihm von einer Maskenbildnerin empfohlen worden war.

Alfredo hatte eine verführerische Pin-up-Pose eingenommen und gesagt: „Hier nennen mich alle Signor Alfredo, aber wie du siehst, bin ich eine schöne Frau und möchte auch als solche behandelt werden."

In diesem Moment hatte Bonamente gewusst, dass das der richtige Ort für ihn war.

Der Pensionsbesitzer hasste die Dienstagsfrau abgrundtief. Vor allem konnte er nicht ertragen, dass sie ihn nie eines Blickes würdigte. Dabei zog er extra für sie seine raffiniertesten

Looks an. Egal, was er trug, sie tat so, als ob die Rezeption verwaist sei, und marschierte direkt auf Zimmer drei. Der eitle alte Mann, der sich mit dieser Kränkung nicht abfinden wollte, wurde nicht müde, Bonamente die immer gleiche alberne Behauptung vorzutragen, die ihn entlastete und die Besucherin belastete.

„Nach all den Jahren kann sie sich einfach nicht damit abfinden, dass ich eleganter bin als sie."

Ob er es ernst oder scherzhaft meinte, war schwer zu erkennen. Vermutlich Ersteres, wenigstens deutete darauf eine andere Schmähung hin, mit der er seinen unglücklich verliebten Gast aufzuhetzen versuchte.

„Diese Frau ist eine Schlampe. Es macht ihr Spaß, dich leiden zu sehen. Ihr werdet nie ein Paar werden, gib dich damit zufrieden, mit ihr ins Bett zu gehen und dich dafür bezahlen zu lassen." Wenn er darauf keine Antwort bekam, legte er nach. „Und da wir beim Thema sind: Sei einmal ein Mann und lass dich nicht so ausnehmen. Erhöhe deinen Tarif, sie zahlt bestimmt seit Jahren das Gleiche."

Signor Alfredo war ein Original. Mit Nachnamen hieß er Guastini und war vor mehr als dreißig Jahren aus dem Nichts im Viertel aufgetaucht. Niemand kannte ihn.

Seiner eigenen Auskunft nach hatte er lange in Lissabon gelebt, einer Stadt, mit der er ganz besondere Erinnerungen verbinden musste, denn jedes Mal, wenn er über sie sprach, und das kam nicht selten vor, seufzte er sehnsüchtig.

„Ach, Lissabon. Diese Sonnenuntergänge, diese Leidenschaft, diese Liebe, einfach verrückt", sagte er immer wieder mit träumerischem Gesichtsausdruck.

Innerhalb der Pension zeigte Alfredo sich ausschließlich in Frauenkleidern, und über seine kurzen, schwarz gefärbten Haare stülpte er eine Perücke. Besonders liebte er ein Modell aus aschblonden, mehr als einen halben Meter langen Locken, das wie ein Wasserfall aussah und zu einem Vamp gepasst hätte.

Haare waren seine Leidenschaft. Er wechselte an einem einzigen Morgen dreimal die Perücke und war Stammkunde bei einer Modistin, die sich beruflich seit Längerem zurückgezogen hatte, aber immer noch mit goldenen Händen punktete.

Bonamente mochte ihn, warum, wusste er nicht so genau. Er erinnerte ihn an eine Tante, die er als Kind sehr gerngehabt hatte. Wie auch immer. Sein Vermieter war in seinen Augen wunderbar, sensibel und ausgesprochen freundlich. Die Pension Lisbona war sein Reich, das er höchst ungern verließ, weil er außerhalb der schützenden Mauern Männerkleider tragen musste.

„Ich habe Angst, einer Wahrheit ins Auge zu sehen, die ich seit jeher in mir trage. Nur kann ich mich heute nicht mehr wehren, nicht mal mit Worten."

Bonamente verstand ihn. Toleriert wurde ein Transvestit höchstens dann, wenn er jung genug war, für eine Frau gehalten zu werden, mit der man erotische Fantasien verband. Unmöglich bei einem alten Mann in Rock und High Heels. Ein Bild, das in einer immer intoleranter werdenden Welt geradezu grotesk wirkte. Man merkte das sogar daran, dass immer weniger Gäste in der Pension abstiegen, weil sie von einem mageren Mann in Frauenkleidern und mit einem sanften

Gesicht geführt wurde. Früher, als Alfredo noch „die Schöne" genannt worden war, hatte das anders ausgesehen. Da waren die Zimmer ausgebucht gewesen, vor allem mit Handlungsreisenden. Und er selbst hatte sich hingebungsvoll um seine Gäste gekümmert und sogar hin und wieder eine Nacht mit dem einen oder anderen verbracht. Nicht gegen Bezahlung, sondern aus echter Leidenschaft, versteht sich.

Seit mehr als fünfzehn Jahren wohnte der ehemalige Pornostar in Zimmer drei. Er hatte die langsame, stetige Abwanderung der Gäste hautnah miterlebt. Allein Professor Federico Bassi aus Neapel, ein kluger Mann mit Sinn für Ironie, hielt der Pension die Treue. Er hatte Spanisch an der Universität unterrichtet und war häufig wegen beruflicher Verpflichtungen in die Stadt gekommen. Seit er allerdings in den Ruhestand gegangen war, kam er bedeutend seltener in den Norden. Angeblich, weil seine Kinder ihn immer misstrauisch danach fragten.

Dennoch bestand zwischen Bassi und Alfredo weiterhin eine tiefe Verbindung. Bonamente sah es an den leuchtenden Augen, wenn sich die beiden im Salon der Pension gegenübersaßen und sich leise unterhielten, und beneidete sie um diese Vertrautheit, die er sich mit der Dienstagsfrau selbst so sehr wünschte.

Erstaunlicherweise beschwerte sich der Pensionsinhaber nie über die leeren Zimmer. Ganz offensichtlich hatte er keine finanziellen Sorgen, wobei Bonamente absolut nicht wusste, woher das Geld kam, das immer wieder in die Räume investiert wurde.

Es handelte sich um sechs Zimmer, die auf zwei große Wohnungen in einem eleganten Palazzo auf der Piazza Risorgimento verteilt waren. Groß und geschmackvoll eingerichtet, verfügte jedes über ein King-Size-Bett. Am häufigsten war das Zimmer seines Dauergastes Bonamente renoviert worden, und zwar ganz nach dessen eigenen Vorstellungen und Wünschen.

„Wichtig ist, dass du bei mir bleibst, sonst findet dich deine Signora nicht wieder", hielt er ihm immer wieder vor, als würde er fürchten, der jüngere Mann könnte sich etwas Eigenes suchen.

Dabei wäre Bonamente nicht im Traum auf die Idee gekommen, Alfredo zu verlassen. Nachdem er aus dem Elternhaus ausgezogen war, hatte er immer in Pensionen gelebt. Für ihn waren das Umgebungen, in denen er keinerlei Verpflichtungen hatte, außer dass er die Rechnung bezahlen musste.

Keine Mahlzeiten im Kreis der Familie, keine Familienfeiern, keine Geburtstage, keine Gedenktage. Die Idee, allein unter Unbekannten zu leben, gefiel ihm. Mit Menschen, die womöglich interessant waren, aber keinerlei Spuren in seiner Existenz hinterlassen würden. Wirklich wichtig waren für ihn einzig und allein Signor Alfredo und die Dienstagsfrau. Ohne sie konnte er nicht leben.

Die Nächte waren manchmal schlimm. Da suchten ihn nach wie vor die Schatten der Vergangenheit aus seiner frühen Jugend heim, zuerst die Gesichter, dann zusätzlich die Möbel und Gegenstände aus dem Haus, in dem er aufgewachsen war. Der Streit um das Erbe sowie die Abtreibungen zahlreicher, unschuldiger Zimmermädchen hatten die Familie gespalten. Selbst ein Lächeln oder eine unschuldige Umarmung hatten zu Schwierigkeiten führen und Bestrafungen nach sich ziehen können. Da hatte keine Rolle gespielt, dass er noch ein Kind gewesen war.

Als Bonamente in der Pension ankam, traf er an der Tür Signora Erminia. Sie hielt die Zimmer in Ordnung, ihr Mann Rolando war der Hausmeister.

„Beeil dich, Guastini hat gerade das Risotto fertig“, sagte sie lächelnd. Sie nannte Signor Alfredo immer beim Nachnamen.

Als noch mehr Gäste die Pension besuchten, hatte es zusätzlich eine Köchin gegeben. Jetzt, wo sie zu zweit am Tisch waren, mit dem Professor hin und wieder zu dritt, war das nicht mehr nötig, und Alfredo kümmerte sich selbst darum. Er war ein guter Koch, immer elegant gekleidet mit der auf Maß gearbeiteten Lederschürze eines berühmten Schuhmachers und Lederdesigners. Seit dem Schlaganfall seines Dauermieters achtete er darauf, dass die Mahlzeiten leicht und gesund waren.

Bonamente seufzte, als er ins Bad ging, um sich die Hände zu waschen. Heute würde sich das Gespräch bei Tisch hundertprozentig um sein Treffen mit dem Produzenten drehen, das Signor Alfredo schon im Vorfeld kritisch betrachtet hatte.

„Wie ist es gelaufen?“, fragte er prompt, während er einen Löffel Parmesan über den Teller seines Schützlings rieseln ließ.

Bonamente nahm eine Gabel Risotto und ließ sich Zeit. Durch die fehlende Butter war das Gericht lange nicht so gut wie üblich, es schmeckte eher nach Krankenhaus.

„Noch ein letzter Film, dann höre ich auf."

„Ein Film zu viel."

„Signor Alfredo, wir haben bereits darüber gesprochen, oder etwa nicht? Ich kann der Branche nicht mit einem Film Adieu sagen, in dem man mich nur von hinten sieht, weil ich geheult habe. Immerhin habe ich eine respektable Karriere zu verteidigen, und aus diesem Grund muss mein Abgang meiner würdig sein."

„Und wenn du erneut zu Tränen gerührt bist? Wenn dein Schwanz nicht steht, wie er soll? Auf deine Pillen kannst du nicht mehr zurückgreifen, damit ist ein für alle Mal Schluss."

„Dieses Mal ist Weinen kein Problem, sondern sogar erwünscht. Natürlich hast du recht, dass es mit meinem Stehvermögen schwierig werden könnte. Zwei, drei Tage lang werde ich vermutlich Papaverin oder Ähnliches nehmen müssen."

Signor Alfredo schüttelte den Kopf. „Es ist absurd, so ein Risiko einzugehen. Du könntest am Set krepieren oder körperliche Schäden davontragen. Und ich sage dir gleich, Gäste im Rollstuhl möchte ich hier keine haben."

Der ausrangierte Pornodarsteller schwieg. Er verspürte keine Lust auf weitere Diskussionen und beschloss, ernsthaft darüber nachzudenken, sogar auf diese letzte Rolle zu verzichten. Eine Alternative wäre höchstens, auf die ganzen Rücksichtsnahmen, die sein Gesundheitszustand ihm abverlangte, zu scheißen und wieder in Saus und Braus zu leben wie früher einmal.

Allein dieses fade Essen. Fünfzig Gramm Risotto, ein Salat, ein gekochter Apfel mit kaum mehr als einem Hauch Rohrzucker und ein Getreidekaffee mit einem halben Päckchen

Süßstoff, das war schließlich zum Abgewöhnen. Mit dem unangenehmen Gefühl, noch immer Hunger zu haben, stand er verstimmt auf und ging in sein Zimmer. Er hatte es satt.

Signor Alfredo mochte ja recht haben, dass es verrückt war, unbedingt diese letzte Rolle noch spielen zu wollen, doch er fühlte sich irgendwie verpflichtet, mit Stil vom Pornogeschäft Abschied zu nehmen. Doch je länger er darüber nachdachte, desto mehr wurde ihm klar, dass ihn niemand vermissen würde. Okay, er war kein schlechter Darsteller und hatte sogar ganz nette Kritiken bekommen, ein Star allerdings war er nie gewesen. Ein von den Kollegen geschätzter Profi, das ja. Vor allem seine weiblichen Kollegen, denen er immer aufmerksam und freundlich begegnet war, hatten ihn gemocht. Das Publikum hingegen hatte ihn nicht gerade umschwärmt, was Bände sprach.

Ganz davon abgesehen, hatte Martucci recht, dass inzwischen eine neue Generation in den Startlöchern stand. Die Jungen, die im Pornobereich Karriere machen wollten, brachten dieses gewisse Etwas mit, diese Verzweiflung, diesen Zorn, der einen Film undurchsichtig und faszinierend machte. Einmal hatte ein selbstbewusster Nachwuchsdarsteller mit langen Locken und einem gut gebauten Körper, der sein Studium geschmissen hatte, zu ihm gesagt, die Zeit der alten Böcke sei vorbei. Und damit war er gemeint gewesen.

Das Bild dieses aalglatten jungen Mannes, das vor seinem inneren Auge aufstieg, unterbrach den Fluss seiner Gedanken. Er war froh, dass er noch Zeit hatte, das Ganze ein weiteres Mal zu durchdenken und sich erst dann zu entscheiden. Um sich abzulenken, griff er nach einem Buch, das er zufällig aus dem Regal im Salon gezogen hatte. Signor Alfredo war Mitglied eines Buchclubs und bekam regelmäßig verschiedene Neuerscheinungen zugeschickt. Er hatte den Vertrag eher aus Zufall abgeschlossen und ihn dann nie gekündigt. Das, was er wirklich las, kaufte er am Kiosk, verschlang jede Woche einen Band einer Liebesromanreihe, in der es immer um das Gleiche ging: er, sie und die andere.

Seufzend warf Bonamente einen Blick auf den Kalender. Erst Freitag. Noch vier Tage, bis er die Frau seiner Träume in seinem Bett empfangen durfte. Allein der Gedanke daran führte zu einer respektablen Erektion. Sein Schwanz war durchaus empfänglich für die Liebe.

Er schloss die Augen und nutzte die Gunst der Stunde.

2.

Am folgenden Tag, dem Samstag, wirkte Signor Alfredo besonders zufrieden und servierte das Frühstück mit einem Lied auf den Lippen, einem alten Hit von Gianni Morandi:

Non se ne va questo spirito libero
Questo ragazzo che porto dentro
È una vita che ti guardo
E non se ne va questa luce dagli occhi …
La voglia di rivivere tutto da capo e ogni momento
La voglia di chiamarti amore come non te l'avessi mai detto

In diesem Moment wusste Bonamente, dass sich Professor Bassi angesagt haben musste.

„Er bleibt das ganze Wochenende", raunte ihm sein Vermieter zu.

„Sein Zimmer wird soeben hergerichtet."

Dabei war das eigentlich gar nicht nötig, weil der Raum immer bezugsfertig war. Neidisch beobachtete sein Mieter, der beruflich wie privat im luftleeren Raum schwebte, den aufgeregt herumlaufenden Mann und wünschte sich das Gleiche, doch ein Wochenende mit seiner Dienstagsfrau war und blieb für ihn ein unerreichbarer Traum.

Um sich abzulenken, brach er zu einem Spaziergang auf und strebte auf ein Einkaufszentrum zu. Früher war er lieber ins Grüne gegangen, heute aber fühlte er sich in diesem riesigen Kasten, in dem die Luft von gigantischen Maschinen gewärmt und gefiltert wurde, sicherer.

Auf einer künstlichen Piazza setzte er sich unter einen Sonnenschirm, der niemals weder einen Sonnenstrahl noch einen Regentropfen abbekommen würde, und bestellte eine große Tasse Getreidekaffee, in den er Süßstoff schüttete, was ihm sofort in Erinnerung brachte, dass sein Körper vor der Zeit gealtert war und er nicht mehr als dynamischer, vitaler Vierzigjähriger durchging.

Die Ärzte hatten ihn zwar beruhigt, dass er ein ganz normales Leben führen könne, die Psychologin dagegen war kritischer gewesen und hatte ihm nicht gerade Mut gemacht. Dabei hätte er wenigstens dieses Mal eine kleine Aufmunterung gebrauchen können, selbst wenn sie nicht ganz ernst gemeint war.

Um nicht weiter in trübe Gedanken zu verfallen, betrat er ein Wäschegeschäft, um sich Unterhosen zu kaufen. Er wusste nach wie vor nicht, ob die Dienstagsfrau ihn lieber in Boxershorts oder Slips sah, und hatte sie nie zu fragen gewagt. Mal trug er das eine, mal das andere und achtete genau auf ihre Reaktion, ohne eindeutige Hinweise erhalten zu haben. Er ging an den Sonderangeboten vorbei und beschloss, dass sie blau-weiß gestreifte Boxershorts verdient hatte.

Sie wollte stets vollständig bekleidet empfangen werden, sogar mit Jackett, erst dann zogen sie sich aus, ohne sich dabei anzusehen. Bonamente schummelte immer ein bisschen, weil er sie ansehen, umarmen und küssen wollte. Er hätte alles dafür gegeben, ihr beim Ausziehen helfen zu dürfen.

Als der Professor kurz vor dem Mittagessen eintraf, saß er im Salon und las Zeitung. Bassi begrüßte ihn mit seiner üblichen Freundlichkeit.

„Was macht die Gesundheit, Bonamente? Sie sehen blendend aus."

Er selbst wirkte älter als beim letzten Mal, als sie sich gesehen hatten, von den immer noch lebendigen und strahlenden Augen einmal abgesehen.

„Und Sie, Federico, werden immer jünger", erwiderte er ganz ernst.

Der Professor nickte ihm lächelnd zu, war dankbar für die charmante Lüge.

Während des Mittagessens redete Federico ununterbrochen, wie ein Getriebener. Aber es machte Spaß, ihm zuzuhören, und Bonamente hing an seinen Lippen, während Signor Alfredo still und geschäftig zwischen Küche und Tisch hin und her lief.

Den Nachmittag verbrachte der Schauspieler auf seinem Zimmer, erst gegen Abend verließ er es wieder und bestellte sich ein Taxi. Als er dem Fahrer die Adresse nannte, drehte der sich um und grinste ihm verschwörerisch zu.

„Es gibt ja nichts mehr außer dem Eden", meinte er und bezog sich damit auf das letzte Pornokino der Stadt. „Mittlerweile schaut man sich Pornos zu Hause an, wo man gleich zur Sache kommen kann", fügte er hinzu.

Im Kino lief ein Krankenhausporno, ein Genre, in dem Bonamente wenig Erfahrung hatte und mit dem er sich näher beschäftigen musste, wenn er die Rolle wirklich übernehmen wollte, die Martucci ihm angeboten hatte.

Niedergeschlagen verließ er am Ende das Kino. Nicht allein deshalb, weil es sich um eine slowenische Produktion und ein Remake gehandelt hatte, sondern weil es nicht einen einzigen Darsteller seines Alters gegeben hatte. Die Älteste war die Oberschwester mit höchstens fünfunddreißig gewesen.

Zu Hause wartete Alfredo auf ihn. Er hatte ihm das Abendessen warm gestellt und wollte sichergehen, dass er seine Medikamente einnahm. Kurz darauf, pünktlich wie immer, klopfte er an Bonamentes Tür, um ihm seinen Tee zu bringen.

Die Nacht verbrachte Signor Alfredo nicht in seinem eigenen Zimmer, sondern ging weiter zu Zimmer eins und drückte vorsichtig die Klinke herunter.

Federico stand am Fenster, als er das Zimmer betrat. Gekleidet in einen eleganten dunkelblauen Morgenmantel mit roten Borten, deklamierte er, ohne sich umzudrehen, mit tiefer, rauer Stimme das Gedicht von Pablo Neruda, mit dem er Alfredo jedes Mal seit vielen Jahren begrüßte, wenn er mitten in der Nacht zu ihm kam.

Ich habe dich zur Königin ernannt.
Größere gibt es, größer als du.
Reinere gibt es, reiner als du.
Schönere gibt es, schöner als du.
Aber du bist die Königin.

Alfredo ging auf ihn zu und zog ihm den Morgenmantel aus, küsste ihn auf den nackten Rücken, kniete nieder und begann mit der Zunge das Hinterteil des Professors zu liebkosen, griff gleichzeitig mit der linken Hand nach seinem Penis und streichelte ihn. Als er eine ganz zaghafte Erektion spürte, stand er auf und steckte ihm zusätzlich den Zeigefinger in den Hintern, suchte nach der Prostata. Verdammtes Alter, dachte er und fuhr fort, beides zu reizen, bis er ein wenig Sperma in der Hand spürte. Danach nahm er Federico zärtlich in den Arm.

„Du bist mein König", flüsterte er.

Am Sonntag stand der Hausherr früh auf und backte Federicos Lieblingskuchen. Er war überglücklich und fest entschlossen, jeden Moment ihrer gemeinsamen Zeit auszukosten. Gerne hätte er sein ganzes restliches Leben mit ihm verbracht, bloß ließen das die Umstände und ihre unterschiedlichen Lebensverhältnisse nicht zu. Ihre Liebe war einfach zu verrückt, gänzlich unmöglich.

Ganz anders erlebte Bonamente den Sonntagmorgen. Gleich beim Aufwachen fühlte er sich so verloren wie immer an diesem Tag. Was sollte er mit seiner Einsamkeit anfangen? Während Paare und Familien Ausflüge machten, Parks und Restaurants bevölkerten, konnte er es kaum erwarten, bis die langweiligen Stunden vorbei waren. Bis der Montag und endlich, endlich der Dienstag kam.

Als er ins Frühstückszimmer kam, bemerkte er als Erstes den Kuchen.

„Für dich nicht mehr als ein halbes Stück", warnte ihn Signor Alfredo, „in dieser Köstlichkeit ist einiges an Zucker und Butter."

Als er für einen Moment den Raum verließ, zwinkerte Bassi ihm zu und reichte ihm ein weiteres Stück. „Beeil dich, sonst schimpft er mit mir."

In Windeseile verschlang Bonamente den Kuchen und überlegte gerade, was er heute unternehmen sollte, um den beiden nicht lästig zu fallen, als der Professor zu seiner Überraschung den Wunsch äußerte, in ein Restaurant zu gehen, wo er früher Stammgast gewesen war, und ihn ebenfalls dazu einlud. Seine Ausrede ließ er nicht gelten.

„Ich erlaube mir, darauf zu bestehen. Es würde mich wirklich glücklich machen. Es ist zu lange her, dass ich mit Freunden auswärts gegessen habe. Jeden Sonntag nehme ich mit meinen Söhnen, meinen Schwiegertöchtern und den Enkeln das Mittagessen ein, die mich wie einen uralten Großvater behandeln. Dementsprechend benehme ich mich leider auch. Es ist eine echte Tragödie, wenn man zur Banalität gezwungen wird."

„Vielleicht kannst du deine Verabredung ja verschieben", schlug Signor Alfredo vor, der sehr wohl verstanden hatte, dass sein junger Freund abgelehnt hatte, um nicht aufdringlich zu wirken.

Nachdem alles einvernehmlich geregelt war, fuhren sie gemeinsam zu einem Restaurant am Stadtrand, von wo aus man in die Ebene und auf die Sojafelder blickte, die den Anbau traditioneller Getreidesorten verdrängt hatten.

Bei dem Fahrzeug, in dem sie saßen, handelte es sich um ein neues Elektroauto, das Alfredo Guastini gekauft hatte, als er von den Gefahren des Feinstaubs gehört hatte. Den Mercedes mit dem Dieselmotor hatte er verkauft und sich stattdessen für ein teures japanisches Modell mit allen Schikanen entschieden, dessen Hersteller zusätzlich damit werben durfte, dass der Wagen die Luft nicht verschmutze und dem Klima und der Gesundheit diene.

Bonamente saß still auf dem Rücksitz und beobachtete die vorbeiziehenden Häuser. Ein offenes Fenster, ein zugezogener Vorhang, aufgehängte Wäsche. Wie damals als Kind stellte er sich immer noch gerne vor, wer die Bewohner hinter den Fenstern wohl sein mochten.

Dann erreichten sie das Restaurant.

Bassi lächelte zufrieden, als er feststellte, dass es genau so war, wie er es in Erinnerung hatte, selbst die Karte schien sich nicht geändert zu haben.

Während sie ein hervorragendes Paprikahühnchen aßen und dazu einen Rotwein aus den Abruzzen tranken, fragte Signor Alfredo den Professor, wie er gerade auf dieses Restaurant so weit außerhalb gekommen sei.

„Weil hier keine Kollegen aus der Uni herkamen", erklärte er lächelnd. „Ich kam immer mit einem Kollegen hierher, er hat mir übrigens die Pension empfohlen, wofür ich ihm auf ewig dankbar bin."

Guastini seufzte und legte seine Hand auf die von Bassi.

„Ich habe geheiratet, weil ich meine Frau wirklich geliebt habe", stellte der Professor klar. „Sie war eine schöne, starke und intelligente Frau, und ich leide sehr unter ihrem Verlust. Trotzdem habe ich sie immer mit Männern betrogen, aber ich hätte sie nie verlassen. Nicht wegen der Kinder, sondern weil ich sie vergötterte. Ich weiß nicht, ob sie wusste, dass ich nicht ausschließlich auf Frauen stand, das kann ich sie erst in unserem nächsten Leben fragen. In diesem jedenfalls haben wir darüber nicht gesprochen. Mit meinem ältesten Sohn Luigi wollte ich eigentlich darüber reden, doch er war schockiert und bat mich, das Thema nicht mehr zu erwähnen. Deshalb erzähle ich es Ihnen, Sie haben ja keinerlei Vorbehalte, sonst hätten Sie es nie so lange in der Pension Lisbona ausgehalten."

Einmal mehr fühlte sich Bonamente in seiner Überzeugung bestätigt, dass Familienbande eine teuflische Falle waren. Sie verboten es den Menschen, sich frei auszuleben, zwangen sie sogar zur Lüge, zu Ausflüchten und Betrug. So wie der Professor sein Leben verbracht hatte, wollte er seines nicht verbringen.

Bassi riss ihn aus seinen Gedanken, indem er ihm auf den Arm tippte, damit er ihm weiter zuhörte.

„Mein ganzes Leben lang haben meine Freunde und die Experten, die ich dafür bezahlte, Ordnung in mein Sexualleben zu bringen versucht, mir gesagt, ich sei verwirrt wegen meiner Bisexualität. Vielleicht hatten sie damit nicht unrecht, nur bin ich inzwischen davon überzeugt, dass man das Recht hat, in sexueller Hinsicht verwirrt zu sein. Niemand sollte etwas dagegen sagen oder es ändern wollen. Meinen Sie nicht?"

Bonamente zuckte mit den Schultern. Er hatte zu diesem Thema keine feste Meinung. Zwar gab er dem Professor instinktiv recht, fürchtete allerdings, dass er in komplizierte Diskussionen verwickelt würde, und ließ das Gespräch mit ein paar nichtssagenden Sätzen ins Leere laufen, was die Stimmung eher belastete.

Am nächsten Morgen sank sie ganz in den Keller.

Der Professor erschien elegant gekleidet zum Frühstück und begrüßte Bonamente flüchtig, der gerade Getreideflocken in eine Tasse Mandelmilch schüttete, und wandte sich sofort an Signor Alfredo.

„Ich muss mit dir reden", sagte er und starrte betreten zu Boden, während sein Liebhaber ahnungsvoll zusammenzuckte, als hätte ihm jemand in die Rippen geboxt.

Auch der Mieter begriff, dass Ungemach bevorstand, und erhob sich schnell, um in der nächsten Bar ein angenehmeres Frühstück zu sich zu nehmen.

„Ich werde nicht mehr kommen", flüsterte der Professor mit brüchiger Stimme, nachdem sie allein waren.

„Wegen der Kinder?"

Bassi nickte. „Wenn sie klein sind, sind sie von dir abhängig, sobald sie dann erwachsen sind, übernehmen sie die Kontrolle über dein Leben. Und wenn du alt geworden bist, liegt dein Schicksal ganz in ihrer Hand. Sie lassen dich für alles bezahlen, was du in der Jugend bei ihnen falsch gemacht hast, und im Namen der Gesundheit und des angeblichen Wohlbefindens nehmen sie dir noch die letzten Freuden. Auf diese Weise lebst du länger, bist dafür unglücklicher."

„Du hättest dich deinem Sohn vielleicht nicht anvertrauen sollen."

„Ich habe gehofft, dass er mich versteht und mir hilft, hierher zu dir zu ziehen. Jetzt hat er nichts als Angst, dass ich mich und damit ihn lächerlich mache."

Als sein langjähriger Liebhaber in sein Zimmer zurückgekehrt war, um zu packen, ließ Signor Alfredo seinen Tränen freien Lauf und folgte Federico nach einer Weile. Lange hielten sie sich im Arm, küssten sich und flüsterten letzte Worte der Liebe.

„Ich muss gehen, meine Königin“, verabschiedete sich der Professor, während Alfredo in sein Zimmer zurückkehrte, sich einschloss und es Erminia überließ, Bassi zur Tür zu begleiten. Es war nicht der erste Abschied, den sie in der Pension Lisbona erlebte, sie war sich indes ziemlich sicher, dass es der letzte sein würde.

Als Bonamente zurückkehrte, lag eine drückende Stille über der Pension. Als wäre jemand gestorben. Fluchtartig verließ er den traurigen Ort, streifte unschlüssig durch die Straßen und landete schließlich in der Bingohalle, in die er öfter ging. Selbst am Morgen war sie bereits gut besucht. Wie immer setzte er sich an den Tisch mit den Chinesen, die seiner Meinung nach Glück brachten. Heute leider war es ihm nicht sonderlich hold, was er als logische Folge des unerwarteten Abschieds des Professors betrachtete, der das Leben in der Pension völlig durcheinanderbringen würde, das ahnte er.

Signor Alfredo hatte sich schon in seinem Zimmer verbarrikadiert. Er blieb dort, bis es Nacht wurde und sein einziger Gast schlief. Er wollte nicht in seiner Verzweiflung gesehen werden. Im Nachthemd begab er sich schließlich in die Küche, machte sich etwas Milch warm und aß den restlichen Kuchen, den er für seinen König gebacken hatte.

Der Mann, der zwischen den Geschlechtern lebte, musste seinen Traum begraben. In den vergangenen Jahren hatte er so sehr darauf gehofft, dass sein König eines Tages zu ihm in die Pension ziehen würde. Alles allerdings einfach gottergeben hinzunehmen, dazu war er nicht bereit. Zu sehr haderte er mit dem Schicksal, das zwei alte Männer trennen wollte, die sich liebten. Natürlich wusste er, dass der Professor für ihn verloren war, bloß durfte ihm etwas Ähnliches nicht ein weiteres Mal passieren. Der Einzige, an den er sich klammern konnte, war der erheblich jüngere Bonamente. Resigniert betrachtete er seinen alten Körper im Spiegel. Egal, um ihn würde er mit dem Schicksal kämpfen.

Am Dienstag kam die Dienstagsfrau pünktlich um drei. Sie hatte es sich zur Gewohnheit gemacht, an dem Besitzer der Pension vorbeizugehen, ohne ihn eines Blickes zu würdigen, und direkt auf Bonamentes Zimmer zuzusteuern.

An diesem Nachmittag hingegen packte Signor Alfredo, der einen grünen Hut mit einem Schleier in gleicher Farbe trug, um seine rot geweinten Augen zu verbergen, die hochnäsige Dame am Arm.

„Sorgen Sie dafür, dass er nicht in diesem Film mitspielt“, forderte er sie entschlossen auf.

Sie verdrehte die Augen. „Ich habe keine Ahnung, wovon Sie sprechen. Es interessiert mich nicht und geht mich zudem nichts an.“

„Ach nein? Dann sollten Sie sich langsam fragen, ob Sie an den Trauerfeierlichkeiten für Ihren Lieblingsgigolo teilnehmen wollen oder nicht. Es dürfte eine interessante Erfahrung werden, die Sie Ihren neugierigen Freundinnen erzählen können.“

Die Besucherin war empört. Eine Stunde Vergnügen in der Woche, und selbst das nicht mal regelmäßig, wenn man die

Feiertage, den Urlaub und unvorhergesehene Ereignisse abzog, und dieser als Frau verkleidete Mann vergeudete ihre kostbare Zeit. Ganz davon abgesehen, dass er ihre erotischen Fantasien störte.

„In Ordnung, ich werde darüber nachdenken, ob ich an der Trauerfeier teilnehmen werde", beschied sie ihm von oben herab.

Alfredo verstand die Welt nicht mehr. Da richtete er das Wort an sie, weil er sich ernsthafte Sorgen machte, und dann eine solche Antwort.

„Der arme Bonamente kann es sich nicht erlauben, irgendwelche Medikamente zu nehmen, damit er eine fürs Kino passende Erektion hat, und ich fürchte, dass er bei Ihnen auch diesen Unsinn treibt, damit er Sie als Kundin nicht verliert."

„Schluss, er ist ein erwachsener Mann und kann jederzeit auf mein Geld verzichten, wenn ihm danach ist", sagte die Dienstagsfrau in noch eisigerem Ton und entfernte sich raschen Schrittes.

Verbittert schaute Alfredo ihr hinterher und überlegte, ob er es falsch angepackt hatte. Nein, diese Frau war einfach eine blöde Kuh, und mit ihrem Verhalten würde sie die Situation noch schlimmer machen.

Der Junge hatte etwas Besseres verdient. Dem Transvestiten war seit Langem klar, dass er von Frauen überhaupt nichts verstand. Und von Männern desgleichen nicht, wenn man mal ehrlich war. Er war ein wunderbarer Mensch, dem man auf die Sprünge helfen musste, weil er sich mit den praktischen Dingen des Lebens einfach nicht auskannte oder sie nicht beherrschte. Für ihn war er einerseits wie ein eigener Sohn, andererseits betrachtete er ihn als verlässlichen Partner und verstand nicht, was ein so wertvoller Mensch mit einer so wertlosen Frau wollte und was diese Frau im Leben eines Gigolos bedeuten konnte.

Obwohl Alfredo Guastini sich nicht gerne an seine portugiesische Vergangenheit erinnerte, dachte er jetzt an ein Sprichwort, das er sich immer dann vor Augen führte, wenn bestimmte Situationen geradezurücken waren, und das besagte, dass man den Feind manchmal mit seinen eigenen Waffen schlagen müsse. Seufzend öffnete er den Schrank mit seinen Männerkleidern.

Zur selben Zeit bemerkte Bonamente, dass etwas nicht stimmte. Seine Dienstagsfrau war ins Zimmer gekommen, ohne sich auszuziehen.

„Was ist los?"

„Die angebliche Dame an der Rezeption hat mich aus dem Konzept gebracht", erklärte sie vorwurfsvoll. „Was ist das für eine Geschichte mit einem Film, den du drehen und bei dem du Pillen nehmen musst, damit es mit deiner Erektion passt?"

Welch eine Peinlichkeit, dachte er und versuchte die Sache herunterzuspielen.

„Unwichtig, nichts jedenfalls, was dich betrifft."

„Theoretisch nicht. Ein Besuch im Krankenhaus heißt nicht, dass ich mich um dein Leben kümmern will. Ich sollte vielleicht erneut eines klarstellen: Du verkaufst eine Dienstleistung, und ich bezahle dafür in bar", hielt sie ihm in einem nicht gerade freundlichen Ton vor.

„Hast du eine deiner Flaschen mitgebracht?", fragte Bonamente, um das Thema zu wechseln, und tat so, als hätte er sie nicht längst bemerkt.

„Willst du am Ende unseres Rituals anfangen? Keine schlechte Idee, um den unangenehmen Anfang wiedergutzumachen", sagte sie zufrieden und legte das Geld auf den Nachttisch. „Zieh dich aus. Du weißt, dass ich gerne nackt trinke. Heute ist es ein Rye Whisky. Er wird aus einundfünfzig Prozent Roggen destilliert", sagte sie und hielt dabei das Glas gegen das Licht. Als sie merkte, dass sein Blick stur auf ihre Brüste gerichtet war, fügte sie tadelnd hinzu: „Steck deine Nase lieber in das Glas, der Whisky ist scharf und würzig, mit Spuren von Minze und einem Abgang aus reifen Trauben, Honig und weißen, in Wein eingelegten Pfirsichen. Dazu ein Hauch Tabak und Zimt."

Sie schenkte sich ein zweites, dann ein drittes Glas ein und wünschte anschließend, geleckt zu werden. Bonamente war am Ziel seiner Träume.

Als die Stunde vorbei war, zog sie sich rasch an und nahm sich, bevor sie ging, die Hälfte des Geldes wieder vom Nachttisch.

„Ich denke, das ist recht und billig. Viel hattest du heute ja sowieso nicht zu tun."

Bonamente widersprach nicht. Er duschte und dachte darüber nach, welche Standpauke er Signor Alfredo halten würde. Es gab keinen Grund, seine Dienstagsfrau mit Vorwürfen zu belästigen.

Sein Vermieter war nirgends zu sehen. Komisch, sonst saß er um diese Zeit immer im Salon und löste Kreuzworträtsel, eine seiner großen Leidenschaften, weil die angeblich halfen, im Alter nicht zu verblöden. Wo steckte er?

Wirklich überrascht wäre Bonamente gewesen, wenn er gewusst hätte, dass Signor Alfredo auf der Straße stand und auf die Dienstagsfrau wartete, um sie heimlich zu ihrer Wohnung zu verfolgen.

Der Weg dorthin dauerte bis exakt 16.25 Uhr, als die Dame die oberste Klingel der Gegensprechanlage des Hauses Via Cadorna 127 drückte. Sie war schnell gelaufen und hatte ihren alten Verfolger ganz schön ins Schwitzen gebracht. Zum Glück war sie so abgelenkt gewesen, dass sie ihn gar nicht bemerkt hatte.

Sobald sie im Haus verschwunden war, ging Alfredo zur Tür und merkte sich den Namen: T. FONTANA.

Zurück in der Pension, schaltete er den Computer an und begann mit der Suche. Der Name gehörte zu einem gewissen Tommaso Fontana, laut Telefonbuch und anderen Quellen ein ebenso bekannter wie geschätzter Anwalt, der sich vor längerer Zeit zur Ruhe gesetzt hatte. In einem alten Zeitungsartikel, der über seinen Rückzug aus dem Berufsleben berichtete, hieß es, dass er dafür eigentlich noch zu jung gewesen sei und es angeblich schwerwiegende persönliche Gründe für diesen Schritt gegeben habe.

Vermutlich war er zwanzig Jahre älter als die Dienstagsfrau, die Alfredo auf etwa vierzig schätzte. Zwei Möglichkeiten gab es: Entweder handelte es sich um ihren Vater, oder sie mochte ältere Männer und wollte lediglich einen jüngeren, wenn sie Lust auf Sex hatte.

Er würde es bald wissen.

Bonamente überraschte ihn vor dem Bildschirm. „Wie konnten Sie es wagen?“, schrie er außer sich vor Wut.

„Hat die Dame sich darüber beschwert, dass ich mir erlaubt habe, das Wort an sie zu richten?“

„O ja, und zwar mit vollem Recht. Sie sollten ihr nichts von meinen Schwierigkeiten erzählen. Darüber war sie sehr aufgebracht und hat eindeutig klargestellt, dass sie nicht mehr sei als meine Kundin.“

„Du wirst es bald verstehen.“

Die Augen seines Mieters füllten sich bei diesen Worten mit Tränen. „Ich habe Angst, sie zu verlieren, verdammt noch mal!“

In diesem Moment versetzte Alfredo ihm einen neuen Tiefschlag. „Du hast recht, die Gefahr, sie zu verlieren, besteht durchaus. Und zwar aus zwei Gründen: Erstens könntest du die Dreharbeiten nicht überleben. Zweitens werde ich sie so lange um Hilfe bitten, bis du endlich auf diesen Film verzichtest.“

„Das ist reine Erpressung!“

„Nein, ist es nicht. Ich versuche nur, dir das Leben zu retten.“

„Na gut. Dann gehe ich zu Martucci und sage ihm, dass ich die Rolle nicht spielen werde. Dafür müssen Sie mir schwören, dass Sie meine Dienstagsfrau ein für alle Mal in Ruhe lassen.“

„In Ordnung, versprochen. Je weniger ich sie sehen muss, desto besser.“

Der Gigolo verfluchte das Schicksal. Jetzt würde er sich einer dieser Situationen mit Martucci aussetzen müssen, die er immer zu vermeiden suchte. Und daran war allein sein verrückter Vermieter schuld.

„Ein Schlaganfall?“ Der Produzent fiel aus allen Wolken. „Bist du verrückt? Willst du uns alle ins Gefängnis bringen?“

Von Martuccis Reaktion regelrecht erschrocken, versuchte Bonamente sich rauszureden. „Ich wollte einen würdigen Abschied von der Branche, das ist alles.“

„Und ich hätte dir illegal ein paar Spritzen und Pillen besorgt, damit deine Erektion garantiert ist. Von deinen gesundheitlichen Schwierigkeiten wusste ich schließlich nichts. Du dagegen hättest daran denken müssen, dass in unserer Branche Ehrlichkeit in Sachen Gesundheit das oberste Gebot ist.“

„Teilweise. Hier geht es schließlich nicht um eine ansteckende Krankheit, insofern trage ich das Risiko ganz allein.“

„Und warum hast du es dir dann plötzlich anders überlegt?“

„Eine Person, die mir besonders am Herzen liegt, hat mich praktisch dazu gezwungen.“

Martucci seufzte. „Brauchst du Geld?“

„Im Moment nicht, wobei Geld zu haben natürlich nie schadet.“

„Ich kenne einen Typ, der gerade ein Lokal speziell für Damen eröffnet hat. Luxuriöses Ambiente, gehobene Klientel. Er hat schon eine Truppe junger Männer am Start, die zu allem bereit sind – was ihm noch fehlt, ist ein alter Hase für echte Ladys, die nach einem eher psychischen als physischen Abenteuer suchen.“

„Da bin ich nicht der Richtige.“

„Für mich bist du perfekt. Du siehst gut aus, bist gebildet und kannst zuhören.“

„Nein, ich bin wirklich nicht interessiert.“

„Dann dränge ich nicht weiter." Martucci streckte ihm die Hand hin. „Viel Glück, Zagor."

Sein Darsteller verließ das Büro mit der Gewissheit, dass ab heute niemand mehr seinen Künstlernamen aussprechen würde. Das war das Ende gewesen, ein Händedruck und ein freundliches Lächeln. Zum Glück war im Pornogeschäft nichts ewig. Abschiede wurden nicht weiter beachtet, und deshalb gab es auch keine Feste mit peinlichen Ansprachen und schalem Sekt.

Er erinnerte sich noch gut an seinen Onkel Arnaldo, den Bruder seiner Mutter, der nach seiner Pensionierungsfeier bei ihnen zu Besuch gewesen war. „Schaut euch das an", hatte er zu seinen Eltern gesagt und eine Schachtel aufgeklappt, in der eine Uhr „Made in Switzerland" gelegen hatte, allerdings von einer eher unbekannten Marke. Auf dem Gehäuse war das Logo der Firma eingraviert. „Vierunddreißig Jahre im Betrieb und das ist das Einzige, was bleibt."

Er hatte einige Gläser Grappa getrunken und war dann gegangen. Die Uhr hatte er auf dem Tisch liegen lassen. Bonamente war damals noch ein kleiner Junge gewesen und hatte ihm hinterherlaufen wollen, aber seine Mutter hatte nur den Kopf geschüttelt. Die Uhr hatte bis zum Tod des Onkels bei ihnen in der Küchenschublade gelegen, danach hatten sie sie seiner Familie übergeben. Später hatten sie das gute Stück im Sommer im Gemüsegarten zwischen den vertrockneten Wassermelonenpflanzen gefunden.

Insofern war Bonamente erleichtert.

Eine potenziell schwierige Situation war mit wenigen Sätzen abgehandelt worden, und er beschloss, diesen glücklichen

Ausgang zu feiern. In einer Konditorei bestellte er die Spezialität des Hauses, zwei Teigschichten, gefüllt mit einer zwei Finger dicken Creme aus Schokolade, Butter und etwas, das in seiner Konsistenz an einen Pudding erinnerte.

Als er die zweite Portion bestellte, bestärkte ihn die zufriedene Kellnerin mit den Worten, dass ein Stück nie genug sei. Er nickte, unterdrückte seine Sorge um den eventuell in die Höhe schießenden Blutzuckerspiegel und widmete sich ganz dem Genuss. Sein Magen und sein Gehirn waren ein Fass ohne Boden, das irgendwie gefüllt werden musste. Vielleicht war es doch nicht so einfach, eine Lebensphase abzuschließen. Vielleicht musste er seine Erinnerungen ordnen, die wichtigsten, die schönsten auswählen, um den vielen Erlebnissen der letzten Jahre einen Sinn zu geben. Eine ungeheure Anstrengung, die ihm letztendlich sinnlos erschien. Wenigstens in diesem Moment.

Satt und leicht benommen machte er sich schließlich auf in Richtung Pension, um sich von der Völlerei zu erholen. Was ihm nicht gelang, denn das Abendessen musste er ablehnen, sein Magen war nach wie vor wie zugeschnürt.

„Es tut mir leid, ich habe keinen Appetit“, sagte er und schob den Teller mit der Kohlsuppe von sich weg.

Da Signor Alfredo nicht ahnte, dass er sich mit Süßspeisen vollgestopft hatte, führte er die Appetitlosigkeit auf das Treffen mit dem Produzenten zurück.

„Warst du bei Martucci?“, fragte er und legte ihm anteilnehmend die Hand auf den Arm.

„Ja. Seit heute ist meine Filmkarriere offiziell beendet, sicherlich macht die Neuigkeit bereits die Runde“, sagte er traurig.

„Früher oder später musste das ja passieren. Zum Glück bleiben die Filme, die du gemacht hast, man findet deinen Namen auf den Webseiten der Branche, das reicht, um dir Unsterblichkeit zu garantieren."

Eigentlich wollte sein junger Freund erwidern, dass es insgesamt kaum mehr als ein Dutzend Pornofilme gab, die echte Klassiker waren, und dass seine Filme leider nicht zu diesem erlauchten Kreis gehörten. Die bittere Wahrheit war, dass Pornoliebhaber fast immer zu neuen Produktionen griffen und die Filme im Allgemeinen innerhalb weniger Monate veraltet waren, worauf sie in streng islamische Länder geschmuggelt wurden.

Stattdessen brachte er etwas ganz anderes vor. „Dann gibt es jetzt also keinen Grund mehr, meine Dienstagsfrau mit Dingen zu behelligen, um die Sie sich nicht kümmern sollten, oder? Lauter Dinge, die Sie nichts angehen."

Trotz seiner Naivität schien Bonamente erkannt zu haben, dass Signor Alfredo nicht allein im Interesse seines Mieters, sondern zu seinem eigenen Vorteil gehandelt hatte. Offenbar fürchtete er sich seit Bassis Abgang vor der Einsamkeit. Ohne es allerdings zuzugeben.

„Ich werde mich zurückhalten, glaub mir. Ich war einzig und allein um deine Gesundheit besorgt. Wenn dir etwas passiert wäre, hätte ich mir das nie verziehen."

Was natürlich gelogen war.

3.

Am nächsten Morgen kündigte Signor Alfredo seiner Haushälterin an, dass sie allein zurechtkommen müsse, da er etwas zu erledigen habe. Er ging zu seiner Garage, holte das E-Auto heraus und fuhr zu dem Viertel, in dem die Dienstagsfrau wohnte. Dort parkte er so, dass er den Eingang des Hauses bestens im Blick hatte. Es war keine Menschenseele auf der Straße, die Rollläden der Geschäfte waren heruntergelassen. Erst jetzt fiel ihm ein, dass heute ein Feiertag zu Ehren des Schutzheiligen der Stadt war. Wahrscheinlich hatte er sich den denkbar schlechtesten Tag für die Umsetzung seines Planes ausgesucht. Als er eine offene Bar entdeckte, bekam er Lust auf einen Kaffee, ging hinein und bestellte einen Espresso bei einer etwa sechzigjährigen Frau mit breiten Hüften, die mit Sicherheit einen Großteil ihres Lebens hinter dem Tresen verbracht hatte.

„Sie sind nicht bei der Prozession“, stellte sie fest und musterte ihren einzigen Gast von oben bis unten.

„Da war ich noch nie“, räumte Signor Alfredo ein und ließ seine Stimme tief und voll klingen wie immer, wenn er sich männlich geben wollte. „Ich verehre einen ganz anderen Heiligen.“

Schnell wechselte er das Thema. „Könnte es sein, dass ich soeben Avvocato Fontana gesehen habe, oder täusche ich mich?“

Die Frau hinter der Theke deutete auf das Haus gegenüber. „Möglich, dort drüben wohnt er."

„Er war in Gesellschaft einer jüngeren Frau, vielleicht die Tochter?"

Die Frau grinste. „Nein, die Tochter wohnt mit der Mutter und ihrem Bruder in einem anderen Viertel."

„Das verstehe ich nicht."

„Sie haben seine Geliebte gesehen."

„Wesentlich jünger als er?"

„Dumm ist er nicht. Wie es aussieht, hat er seine Familie verlassen und seinen Beruf aufgegeben, um mit ihr zusammenzuleben."

„Sieh mal einer an!"

„Wenn die Finanzen stimmen, kann man sich so etwas erlauben."

Nachdem er dieser Feststellung zugestimmt hatte, bezahlte er seinen Kaffee, setzte sich wieder ins Auto und dachte nach. Jetzt, da er die nötigen Informationen gesammelt hatte, musste er über sein weiteres Vorgehen entscheiden. Bonamente würde stinksauer sein, später aber vielleicht einsehen, dass er nur zu ihrer beider Besten gehandelt hatte.

Es begann zu nieseln. Um sich die Zeit zu vertreiben, schaltete er das Radio an, das auf einen Sender mit italienischer Musik eingestellt war: Zarrillo, Turci, Mannoia, Renga, Stadio, Nannini und dann endlich Gianni Morandi.

Als *Una vita che ti sogno* erklang, beweinte Signor Alfredo den Abschied von Federico, seinem König. Gerade noch rechtzeitig sah er einen Mann das Haus verlassen, bei dem es sich um den Anwalt handeln konnte. Leider war sein Gesicht hinter einem großen schwarzen Schirm verborgen. Rasch stieg er aus dem Auto und folgte ihm.

„Entschuldigen Sie, sind Sie Avvocato Fontana?"

Der Mann blieb stehen und musterte den Unbekannten misstrauisch, der mit seinem verlaufenen Make-up wie ein trauriger Clown wirkte.

„Kennen wir uns?"

„Nein, trotzdem habe ich Ihnen etwas sehr Wichtiges zu sagen."

Fontana seufzte. „Reden Sie."

Signor Alfredo zögerte, bedachte kurz die Konsequenzen dieses Versuchs, Schicksal zu spielen. Erst in diesem Augenblick wurde ihm bewusst, dass Bonamente die Pension Lisbona für immer verlassen und ihn einsam und allein zurücklassen könnte, wenn er ihm sein Eingreifen ernstlich verübelte.

„Nun?", drängte der Anwalt.

Es war zu spät, er konnte nicht mehr zurück. „Ihre Geliebte geht seit Jahren zu einem Gigolo. Seit vielen Jahren, viel zu vielen. Das muss aufhören, weil die Gesundheit meines Freundes in Gefahr ist. Um diese Frau nicht zu verlieren, wird er irgendwann Medikamente nehmen, die für seine Gesundheit gefährlich sind. Das kann ich nicht dulden, immerhin möchte ich irgendwann nicht ganz allein dastehen. Außer ihm habe ich niemanden mehr auf der Welt, was Ihrer Geliebten anscheinend egal ist, sie ist nichts als eine dreckige, kleine Egoistin."

Fontana, der ihn ungläubig anschaute, ihn offenbar für verrückt hielt, schob ihn so heftig beiseite, dass er schwankte. „Gehen Sie."

„Ich bitte Sie, hören Sie mich an."

Der Anwalt ließ den Schirm zu Boden sinken und packte ihn am Kragen. „Verschwinde, du verdammte Schwuchtel!", schrie er und warf ihn zu Boden.

Alfredo sah ihm versteinert nach, wie er, ohne sich umzudrehen, davoneilte. Die gemeine, entwürdigende Bemerkung dröhnte in seinem Kopf wie eine Totenglocke. Er ging zum Auto und startete den Motor, wollte nichts als in die Pension zurück.

Der Anwalt, der über die Begegnung mit der seltsamen Gestalt nach wie vor völlig verwirrt war und nicht wusste, was er davon halten sollte, verließ gedankenverloren den Bürgersteig, um die Straße zu überqueren, und achtete nicht auf den Verkehr. Etwa hundert Meter entfernt näherte sich ein Wagen mit der zulässigen Höchstgeschwindigkeit. Am Steuer saß Signor Alfredo und umklammerte das Lenkrad. Ein bitteres Lächeln umspielte seine Lippen. Als er Fontana mitten auf der Fahrbahn erkannte, nahm er den Fuß nicht vom Gas, nicht ein Muskel zuckte. Irgendetwas in seinem Gehirn lähmte ihn.

Erst im letzten Augenblick schreckte er auf und versuchte auszuweichen. Zu spät, der Wagen streifte Fontana, der sich um sich selbst drehte und mit der Stirn auf dem Randstein aufprallte. Er war sofort tot.

Der Unglücksfahrer hielt nicht an, bremste nicht, er fuhr weiter durch den Nieselregen, den Blick starr auf die Straße gerichtet. Erst in der Garage blieb er lange Zeit regungslos im Auto sitzen.

Irgendwann riss er sich zusammen und rief Federico an. „Ich habe etwas ganz Unverzeihliches gemacht, eine große Dummheit."

„Damit hören wir nie auf, selbst wenn wir älter und erfahrener werden", erwiderte der Professor. „Wir haben jedes Recht, ausschließlich an uns selbst zu denken. Ich kann mich bloß wiederholen, meine Königin. Leider habe ich nicht den Mut, mich gegen alle zu stellen, und werde ihn nie haben."

Signor Alfredo flüsterte ein paar Abschiedsworte und begab sich in die Pension.

Kurz darauf kam Bonamente, der sich die Prozession angesehen hatte, ebenfalls nach Hause. Ein Novum, da er sich bis vor Kurzem von der Religion komplett ferngehalten hatte. Im Krankenhaus hatte er dann Don Giuseppe kennengelernt, den Krankenhausgeistlichen. Einen jungen, freundlichen Mann, der ihn geschickt überzeugt hatte, dass eine erneute Hinwendung zu Gott nichts Schlechtes sei. Besonders wenn der eigene Tod keine völlig abwegige Möglichkeit mehr war.

„Das machen alle", hatte er gesagt. „Selbst die größten Atheisten Italiens haben an die Tür der Kirche geklopft. Das Risiko, im Fegefeuer zu landen, machte sie dafür empfänglich, auf die Worte des Herrn zu hören."

Zwar hatte Bonamente seine Rollen als sündiger Priester lieber nicht erwähnt, aber die Angst zu sterben ließ ihn sich mit Fragen beschäftigen, auf die allein die Religion ohne Probleme eine Antwort fand. Und die Erfahrung, hinter einer Statue durch die Straßen der Stadt zu ziehen, gemeinsam mit vielen anderen, die sangen und beteten, hatte einen tiefen Eindruck bei ihm hinterlassen. Als die Gruppe, die die Prozession anführte, *Mira il tuo popolo* anstimmte, war er in Tränen ausgebrochen und sofort von Gläubigen umringt gewesen, die ihn umarmten, beruhigend auf ihn einsprachen und ihn aufforderten, seine Sünden zu beichten. Einige hatten sogar laut für ihn gebetet und die Arme gen Himmel gereckt.

Jetzt wollte er sofort mit Signor Alfredo über seine Erfahrung sprechen, doch der entschuldigte sich. „Ein anderes Mal, mein Lieber, ich habe Kopfschmerzen und lege mich ins Bett. Du musst dich bitte selbst um dein Mittagessen kümmern."

Letzteres erledigte Erminia, die ihm einen Teller Pasta mit Erbsen zubereitete. Bonamente genoss jeden Bissen, da die Haushälterin reichlich angebratenen Speck hineingegeben hatte.

„Hin und wieder darfst du bestimmt mal über die Stränge schlagen, du bist so mager, ganz anders als mein Mann, der schon bei unserer Hochzeit einen kleinen Bauch hatte. Die Männer meiner Generation waren bis zur Hochzeit noch ganz gut in Form, dann gingen sie leider aus dem Leim, genau wie ihre Väter. Nicht, dass sie keine guten Christenmenschen gewesen wären, aber das war ziemlich enttäuschend."

„Warum arbeitest du überhaupt an einem Feiertag?", unterbrach er sie, weil er fürchtete, sich die Geschichte ihrer Ehe anhören zu müssen.

„Guastini hat ein goldenes Herz", antwortete sie, „er tut so, als bräuchte er mich, selbst wenn es gar nichts zu tun gibt. Er weiß genau, dass ich eine Tochter mit zwei Kindern habe, deren Mann arbeitslos ist."

„Das tut mir leid."

„So ist das Leben nun mal, zum Glück haben wir eine neue Regierung und bekommen jetzt hoffentlich mehr Geld. Wurde wirklich Zeit."

Geld, dachte Bonamente. Er hatte ein paar Ersparnisse, oder besser, er hatte einen Finanzberater, der ihn hin und wieder anrief, um ihm zu sagen, dass die Obligationen immer weniger abwarfen, die Aktien nicht gut liefen, er dennoch Vertrauen haben und sich keine Sorgen über kurzfristige Verluste machen sollte. Statistisch gesehen, würde der Markt irgendwann wieder anziehen. Er nahm es hin. Sich etwas anderes für sein Geld auszudenken, überstieg seine Fähigkeiten, er war zufrieden, dass sich jemand anders darum kümmerte.

Ein Stück entfernt saß auch die Dienstagsfrau am Tisch und ärgerte sich, dass Tommaso einfach unentschuldigt nicht zum Mittagessen kam. Sie schälte gerade einen Apfel, als es an der Tür klingelte. Wahrscheinlich hatte er mal wieder seine Schlüssel vergessen. Alles hätte sie erwartet, nicht jedoch zwei Verkehrspolizisten, die mit düsterem Blick auf der Matte standen. In diesem Moment begriff sie, dass ein Abschnitt in ihrem Leben vorbei war und ein neuer begann. Kein guter, das war klar.

„Wohnen Sie hier?“, fragte einer der beiden Beamten freundlich.

„Ja.“

„Sind Sie mit Avvocato Tommaso Fontana verwandt oder verschwägert?“

„Ich bin eine Freundin.“

„Sie heißen?“

„Alfonsina Malacrida.“

„Wo, bitte, können wir die Angehörigen von Signor Fontana finden?“

„Sie können gerne mit mir sprechen, ich lebe mit ihm zusammen.“

Die beiden schauten sich an. Es war nie leicht, eine Todesnachricht zu überbringen.

„Signor Fontana wurde von einem Auto angefahren, der Fahrer hat Fahrerflucht begangen und ihm nicht geholfen. Signor Fontana ist verstorben. Es tut mir leid. Benachrichtigen Sie die Familie?“

Alfonsina nickte und schloss die Tür. Sie hatte herzlich wenig Zeit für ihre Trauer, bald würde man sie holen und ihr selbst dieses Recht nehmen.

Sie kauerte sich in eine Küchenecke wie ein kleines Kind, das Angst vor den Schlägen eines Erwachsenen hat. Das gemeinsame Frühstück von heute Morgen fiel ihr ein. Tommaso war nach dem Aufstehen immer gut gelaunt, und sogar nach einer weniger guten Nacht tat er so, als würde es ihm gut gehen, damit sie sich keine Sorgen machte. Und dann aß er seine drei Scheiben Zwieback mit Erdbeermarmelade, die sie ihm auf den Teller neben die Teekanne gelegt hatte.

Das Schicksal hatte es wieder einmal nicht gut mit ihr gemeint. Morgen würde es hier nicht mehr nach Aftershave und Kölnisch Wasser riechen, jener Mischung, die er sich nach dem Aufstehen auf die Haut zu sprühen pflegte.

Es gab Menschen, die das Glück hatten, auf schöne Erinnerungen zurückzublicken. Sie hingegen musste alles vergessen, weil der Tod dieses wunderbaren Menschen und seine unvermeidlichen Konsequenzen ihr sogar das Recht auf Erinnerung nehmen würden.

Sie zwang sich zu weinen, um den schier unerträglichen Schmerz zu mildern. Tommaso war viel zu früh und zum falschen Zeitpunkt gegangen, im Augenblick waren noch so viele Dinge in der Schwebe, es hätte noch so viel zu sagen gegeben. Auch damit musste sie leben. In völliger Einsamkeit.

Eine Stunde und siebenundvierzig Minuten später klingelte es erneut. Dieses Mal waren es Beamte in Zivil, die sie mit aufs Revier nehmen wollten.

„Alfonsina Malacrida? Bitte kommen Sie mit."

Als sie im Auto saßen, drehte sich der Fahrer um und fragte: „Lässt du dich immer noch Nanà nennen?"

Sie schwieg. Es war Jahre her, dass sie diesen Namen aus dem Mund eines Polizisten gehört hatte. Jetzt würden ihn wieder alle benutzen. Tatsächlich wurde sie auf der Wache sofort mit diesem Namen angesprochen, ihrem Spitznamen, den sie im Grunde gerne mochte, weil er sie an eine glückliche Kindheit erinnerte, die sie mit der schönsten Frau der Welt, ihrer Mutter, verbracht hatte. Unglücklicherweise hatte das Schicksal ihn ins Obszöne gezogen.

„Wo warst du während der Tat?", fragte Michele Pagano, der ermittelnde Kommissar, und kam gleich auf den Punkt. „Ich meine den Moment, als Avvocato Fontana umgebracht wurde, ich wiederhole, umgebracht. Er wurde nämlich mit voller Absicht überfahren und anschließend hilflos auf der Straße liegen gelassen."

Bis zu diesem Augenblick hatte Alfonsina kein Wort gesagt. Sie kannte das Spiel. Auf diese Frage würde sie antworten müssen, dann würden die Polizisten ihr weitere Fragen stellen, um irgendwann zum Anfang zurückzukehren in der Hoffnung, dass sie sich in Widersprüche verstrickte. Ein teuflischer Kreislauf. Man konnte auch behaupten, ein Verhör bei der Polizei sei wie das Beten eines Rosenkranzes, man rezitierte immer wieder das erste *Ave Maria*. Als sie nicht antwortete, verlor ihr Gegenüber die Geduld.

„Bist du taub, Nanà? Wo warst du während der Tat?"

„Zu Hause", sagte sie leise.

„Gibt es Zeugen?"

„Ich kann es beweisen. Nachdem Tommaso aus dem Haus gegangen war, habe ich mit einer Arbeitskollegin gemailt."

„Und was?"

„Das werde ich sagen, wenn es nötig ist."

Commissario Pagano gab sich überrascht und schaute zu seinen Kollegen hinüber. „Seht ihr? Nanà denkt bereits an den Prozess."

„Da hat sie ja einige Erfahrung", meldete sich einer seiner Kollegen süffisant zu Wort.

Sie antwortete nicht, um so wenig wie möglich zu sprechen und sich auf keinen Dialog einzulassen. Und ja, sie dachte an einen neuen Prozess, bei dem sie nicht wieder unschuldig im Gefängnis landen durfte.

Als man sie das erste Mal verhaftet hatte, war sie noch zu jung und unerfahren gewesen. Man hatte sie beschuldigt, ihren Liebhaber umgebracht zu haben, einen älteren Mann mit weicher Stimme, die sie immer noch im Ohr hatte.

Sie war erst freigelassen und dann verurteilt worden. Danach noch einmal dasselbe. Freilassung und Verurteilung wechselten sich ab. Ein verzwickter Fall, ein gefundenes Fressen für die Presse. Unschuldig, schuldig, wer wusste das schon? In der letzten Instanz wurde sie schuldig gesprochen, wenngleich Zweifel blieben. Sie hatte zum Glück nicht allzu lange im Gefängnis gesessen, denn irgendwann war das Verfahren nach einem Antrag auf Revision zu den Akten gelegt worden.

„Du hast den Beamten gesagt, dass du in der Wohnung des Verstorbenen lebst."

„Ja, seit einer ganzen Weile."

„Und warum? Was für eine Beziehung hattest du zu dem Avvocato?"

„Wir sind … Wir waren Freunde."

Sie log. Tommaso war für sie der Vater gewesen, der sie aufgenommen, der sie gerettet hatte und dem sie ihren Seelenfrieden verdankte. Das Gegenteil ihres Erzeugers, einem echten Scheißkerl, der sie erst verkauft und später einem alten, reichen Mann überlassen hatte. Zum Glück hatte den irgendwann jemand umgebracht, doch sie war es nicht gewesen.

Die Polizisten grinsten. Pagano hob die Hände zum Himmel. „Nanà, ich bitte dich! Gib endlich zu, dass du auf alte Männer stehst. Und wenn du sie satthast, bringst du sie um."

Alfonsina hatte sich nie daran gewöhnen können, dass man sie für eine Mörderin hielt. Jedes Mal überkam sie das Gefühl, als würde man ihr etwas aus der Seele reißen. Es dauerte eine Weile, dann beschloss sie, den Polizisten den Tag zu verderben.

„Damit ihr es wisst: Ich habe weder einen Führerschein, noch kann ich Auto fahren."

Sie lächelten überlegen, da ihnen das nicht neu war, und zogen ihrerseits ein Ass aus dem Ärmel.

„Es gibt einen Zeugen. Am Steuer saß angeblich ein Kerl, ein älterer Mann", sagte der Kommissar, „vielleicht kennst du ihn ja? Gehst mit ihm ins Bett, lutschst ihm den schlaffen Schwanz und die hängenden Eier? Und dafür tut er dir einen Gefallen, durchaus denkbar."

Alfonsina blickte zu Boden und wartete auf die nächste Frage. Dieses Mal würden sie sie nicht drankriegen.

„Nun gut", fasste Pagano zusammen, „du hast mit dem Anwalt zusammengelebt und ihr wart irgendwie Freunde. Ich nehme an, er hat dich ausgehalten?"

„Nein. Ich arbeite."

„Ach, sieh an. Und was?"

„Das geht Sie nichts an."

Sobald sie im Netz Nachforschungen angestellt und sich einen Überblick über ihr Konto verschafft hatten, würde Pagano es ohnehin spitzkriegen, aber sie war zu traurig, zu verbittert und zu verängstigt, um ihre feindselige Haltung der Polizei gegenüber aufzugeben.

Was sie tat, war, Kinderbücher zu schreiben. Unter einem Pseudonym. Allein die Illustratorin und der Verleger kannten ihre wahre Identität. Im Gefängnis hatte sie angefangen, sich Märchen auszudenken, um der Realität zu entfliehen und ohne Angst einschlafen zu können. Als später Tommaso von den Geschichten erfuhr, hatte er sie davon überzeugt, sie aufzuschreiben. Nicht zuletzt, um ihre schmerzvollen Erfahrungen zu verarbeiten. Das Vorhaben wurde ein Erfolg, und Alfonsina verdiente eigenes Geld.

Jetzt stand sie unter Verdacht, ausgerechnet ihren Gönner, der ihr so sehr geholfen hatte, umgebracht zu haben. Die Kriminalbeamten würden sie so lange befragen, bis sie die Wohnung durchsucht, ihr Leben auf links gedreht und nach dem

Auto gefahndet hatten, das von einer Kamera erfasst worden war.

Plötzlich öffnete sich die Tür, und sie sah, wie eine Frau hereinkam. Das machten sie mit Absicht, um ihr zu zeigen, dass sie sie nicht in Ruhe lassen würden. Nanà erkannte sie sofort. Es war die Besitzerin der Bar von gegenüber, eine schreckliche Klatschtante. Sie und Tommaso waren nicht mehr hingegangen, das Getuschel der anderen Gäste war unerträglich gewesen. Hoffentlich konnte sie ihr zumindest nicht schaden.

Ihre Befürchtungen waren nicht aus der Luft gegriffen. Von Anfang an beflügelte die Barbesitzerin die Fantasie der Ermittler, als sie von dem alten Herrn erzählte, der unmittelbar vor der Tat in der Bar gesessen und sich über den Anwalt informiert hatte.

Obwohl sie den Mann vorher noch nie gesehen hatte, beschrieb sie ihn ganz genau, und fügte abschließend hinzu: „Eine Schwuchtel, das hat man sofort gesehen."

„Sind Sie sich da ganz sicher?", fragte der Commissario zweifelnd.

„Er war sogar geschminkt, nicht auffällig, so etwas entgeht einer Frau nicht."

Damit war die Theorie eines alten Geliebten, der seinen Vorgänger aus dem Weg räumen wollte, vom Tisch. Sie war von Anfang an nicht wahrscheinlich gewesen, bloß ging es den Ermittlern, die Nanà Malacrida gerne noch einmal drankriegen wollten, gegen den Strich.

Während sie widerwillig an einem anderen Hintergrund tüftelten, versuchte Alfonsina ihre Konzentration nicht zu verlieren. Zum Glück hatte sie von dem Verhör der Barbesitzerin nichts mitgekriegt, sonst hätte sie sofort gewusst, wer den Unfall verursacht hatte. So zerbrach sie sich vergeblich den Kopf, denn Tommaso hatte keine Feinde gehabt, und ihr eigenes Leben war die ganze Zeit anonym verlaufen. Sie wollte nicht wieder überall ihren Namen lesen, ihr Foto sehen, das mit einem Mord in Verbindung gebracht wurde, den sie nicht begangen hatte.

Tommasos Tod hatte innerhalb weniger Stunden all ihre Anstrengungen zunichtegemacht. Nach all den Jahren befand sie sich in einer schlimmeren Situation als bei ihrer Haftentlassung.

Sie war eines weiteren Mordes verdächtig und erneut zu einer Schlagzeile für die Titelseiten geworden.

Alfonsina wusste genau, wie es weitergehen würde. Wenngleich die Ermittler nichts gegen sie in der Hand hatten, würden die Presse und andere Medien sich darauf stürzen und alle Details ihres Privatlebens preisgeben. Sogar solche, die sie selbst inzwischen vergessen hatte. Sie würde in Stücke gerissen und im Namen der sogenannten Gerechtigkeit der Straße schuldig gesprochen werden. Genau das konnte für die Polizei nützlich sein, vielleicht ließ sich ja etwas finden, das aus harmlosen Hinweisen neue Indizien machte. Und in dem Moment bestand die Gefahr, dass sich die Geschworenen der sogenannten Volksmeinung anschlossen. Früher hatte sie mal über das Phänomen des Shitstorms ein Buch gelesen und sich bestätigt darin gesehen, dass man sich eher gegen das Gesetz als gegen die Medien und die Maschinerie der Social Media zu wehren vermochte. Das musste man aushalten. Anklagen, Drohungen, Beschimpfungen.

Nichts und niemand konnte sie vor dem Shitstorm schützen, der über sie niedergehen würde.

Die Ermittler würden sie wahrscheinlich bis zum nächsten Morgen auf dem Präsidium behalten, bevor sie sich geschlagen geben und einsehen würden, dass Alfonsina Malacrida nichts mit der Sache zu tun hatte. Sofern man dazu bereit war, einen Fehler einzugestehen. Auf ein pompöses Dementi durfte sie ohnehin nicht hoffen.

Und so war es. Als Pagano nach einer Weile wieder erschien, konfrontierte er sie mit dem klassischen Ermittlersatz: „Du hast etwas damit zu tun, früher oder später kriegen wir das raus." Damit war sie vorerst entlassen. Zum Abschluss fragte er noch: „Ist das wirklich wahr? Du schreibst Kinderbücher?" Als Alfonsina nickte, fügte er hinzu: „Meine Töchter sind begeistert, ich habe sie ihnen mehr als einmal vorgelesen. Ohne zu wissen, wer die Autorin ist."

Nanà sah, was ihn verwirrte: Die Tatsache, dass sie Märchen schrieb, passte nicht zum Profil einer Kriminellen, die die Richter verurteilt hatten.

Sie ließ sich im Taxi nach Hause bringen. Auf der Fahrt betrachtete sie die Stadt, die sich anschickte, sie ein zweites Mal auszustoßen. Vor der Haustür wimmelte es von Journalisten, was die Vermutung nahelegte, dass die Ermittler an den richtigen Stellen ein paar Informationen hatten fallen lassen.

Man bestürmte sie mit Fragen, streckte ihr Visitenkarten entgegen für den Fall, dass sie ein Exklusivinterview geben wollte. Schweigend drängte sie sich durch die Menge, und erst als sie die Haustür hinter sich geschlossen hatte, seufzte sie erleichtert auf und sank erschöpft zu Boden. Diese kurze

Entspannungsphase nutzte die Panik, um von ihrem Körper und ihrem Geist Besitz zu ergreifen.

Dort wurde sie von einer kräftigen Moldawierin gefunden, die als Pflegekraft in Italien arbeitete. Früher war sie Bäuerin gewesen, jetzt kümmerte sie sich gegen einen kümmerlichen Lohn und unter misstrauischen Blicken ihrer Klienten um alte Menschen.

Als sie in der dunklen Wohnung angekommen war, die nach Tommasos Tod nicht mehr dieselbe war, brach sie voller Verzweiflung in Tränen aus. Sie duschte lange, um den Angstschweiß des Verhörs abzuwaschen, und ging zu Bett, um genug Kräfte zu sammeln, die ihr helfen würden, den Sturm zu überstehen.

Wenige Stunden später wurde sie von ungeduldigem Klingeln geweckt. Sie versuchte es zu ignorieren, aber das Klingeln wurde drängender. Benommen von der Müdigkeit und überzeugt, dass das niemand anders als die Polizei sein konnte, öffnete sie fluchend die Tür. Vor ihr stand Marisa, Tommasos Ex-Frau, das Gesicht schmerzverzerrt. Sie hatte die Trennung nie akzeptiert und nicht aufgehört zu hoffen, dass ihr Mann wieder zu ihr zurückkehrte. Nanà verstand sie gut. Es war schwer, einen so netten Mann wie ihn auf Dauer zu verlieren.

„Hast du es endlich geschafft, ihn umbringen zu lassen", sagte sie anklagend, während sie Alfonsina ins Wohnzimmer folgte.

Die Rivalin seufzte: „Du weißt genau, dass ich nichts damit zu tun habe."

„Nein, du hast ihn nicht umgefahren, doch wenn er sich nicht dafür entschieden hätte, mit dir zusammenzuleben, dann wäre das nicht passiert. Wäre er bei seiner Frau und seinen Kindern geblieben, wäre er mit Sicherheit noch am Leben."

„Du hast ganz recht: Wenn, wenn, wenn … Tommaso aber hat sich so und nicht anders entschieden. Ich habe ihn nicht dazu gedrängt."

Es war einen Monat nach ihrer Entlassung aus dem Gefängnis gewesen. Eine Zellengenossin hatte sie für ein paar kleine Dealerjobs in einigen Diskotheken der Umgebung empfohlen. Daneben verkaufte Nanà ihren Körper an junge Männer, die mit ihr erste sexuelle Erfahrungen machten. Sie ließ sich ihre Dienste teuer bezahlen, was ihr den Spitznamen „Schulschiff" einbrachte. Ihr war das egal, die Schlagzeilen während des Prozesses und der Haft hatten sie ziemlich abgehärtet. Dennoch wog die Geschichte nach wie vor unerträglich schwer. Sie war mutterseelenallein, und an ihr haftete der Makel einer Mörderin.

Als sie eines Tages das Haus verließ, um sich mit neuem Stoff zu versorgen, wurde sie von einem gut gekleideten Mann mittleren Alters ausgesprochen höflich angesprochen.

Es war Tommaso Fontana. Als sie ihn anschaute, hatte sie in seinen Augen Verzweiflung gesehen.

„Ich weiß, dass du unschuldig bist", waren seine ersten Worte gewesen.

Nanà hatte weitergehen wollen, weil sie sich nicht sicher war, wen sie vor sich hatte. Einen dieser Idioten, die sie unbedingt ins Bett zerren wollten?

„Was willst du, Arschloch?", hatte sie ihn unwirsch angefahren.

Schließlich wäre sie nie auf die Idee gekommen, dass dieser Tag ihr ein würdiges Leben zurückgeben würde und dass der Mann, der ihr gegenüberstand, fest entschlossen war, genau dafür zu sorgen.

Fontana war hartnäckig geblieben und hatte sie überredet, mit ihm einen Kaffee zu trinken. Dabei erfuhr sie von seiner Geschichte und warum er Kontakt zu ihr suchte. Es ging um einen Kleinkriminellen, den er verteidigt hatte, und um die Tat, für die sie verurteilt worden war. Fast zufällig oder weil der Mann sich wichtigmachen wollte, hatte er herausgefunden, dass er den Mord begangen hatte, der Alfonsina angelastet worden war.

Jetzt gestand er ihr, dass seine anwaltliche Schweigepflicht ihn bewogen hatte, sein Wissen nicht an die Polizei weiterzugeben.

„Und du wagst es, mir das zu sagen?", hatte Alfonsina wütend gefragt und hätte ihm am liebsten die Cappuccinotasse ins Gesicht geworfen.

„Ich verrate dir noch etwas anderes. Ein guter Freund bei den Carabinieri hat mir anvertraut, dass man dich wieder verhaften will. Du bist nicht wirklich deshalb frei, weil man dein Verfahren vorübergehend zu den Akten gelegt hat, sondern weil man dich als Lockvogel in der Drogenszene benutzt. Anschließend hängen sie dir irgendwelche Straftaten an und zerren dich ein weiteres Mal vor Gericht." Als er Nanàs Verblüffung gesehen hatte, war er deutlicher geworden. „Was glaubst du denn? Dass sie dich nach diesem endlos langen Prozess einfach vergessen haben?"

„Was soll ich tun?", hatte sie verzweifelt gefragt.

„Vertrau mir."

„Und warum?"

„Weil man dich ungerecht behandelt hat und ich der Einzige bin, der das wieder in Ordnung bringen kann. Zumindest möchte ich es versuchen."

Aus diesem Grund war Alfonsina Malacrida, genannt Nanà, in das Haus des Anwalts gezogen. Keine gute Idee, weil das außer ihm niemand schön gefunden hatte. Seine Frau und seine Kinder hassten ihre Anwesenheit und nahmen es übel, dass ihnen eine solche Last aufgebürdet worden war.

„Du willst ihr helfen? Dann zahl ihr eine eigene Wohnung", verlangte seine Frau. „Hauptsache, du hältst sie von uns fern."

Während Tommaso nichts davon wissen wollte, war Nanà ohne ein weiteres Wort wieder gegangen und hatte sich bei einem Albaner eingemietet, wo sie ihre Freier empfing. Bald machte das Gerücht die Runde, dass man dort für einen vernünftigen Preis eine Berühmtheit vögeln konnte. Es stammte von Pietro Maria Belli, einem Lokaljournalisten, der sie seit ihrer Verhaftung auf dem Kieker hatte. Nicht lange, und ihre Beschützer setzten sie auf die Straße, nicht ohne sie vorher vergewaltigt und misshandelt zu haben. Ein ungeschöntes Foto aus der Notaufnahme war auf allen Titelseiten zu sehen gewesen.

Der Anwalt hatte sie aus dem Krankenhaus geholt. Inzwischen hatte er seinen Beruf an den Nagel gehängt und seine Familie verlassen. Er war besessen davon, etwas gegen ein System zu unternehmen, das eine unschuldige junge Frau derartig verantwortungslos und ungerecht behandelte, und fühlte sich verantwortlich einzugreifen, weil er alle Details des Falls kannte. Die einzige Möglichkeit, sich nicht zum Komplizen dieser schreienden Ungerechtigkeit zu machen, bestand darin, sich um Alfonsina zu kümmern und die eigene Schuld wiedergutzumachen.

Er hatte eine Wohnung gekauft und war mit ihr, der Zuchthäuslerin, wie man sie nannte, zusammengezogen. Seine Kollegen und Studienfreunde taten sich mit der Familie und Bekannten zusammen, um ihn von diesem unsinnigen Vorhaben, wie sie es nannten, abzubringen. Dabei schätzten sie die entstandene Verbindung völlig falsch ein. Nach dem Motto, alter Mann verliebt sich in wesentlich jüngere Frau. Die Realität sah anders aus. Sie schliefen in getrennten Zimmern, und Tommaso war wie ein Vater für sie, er holte sie aus dem Abgrund herauf, in den sie gesunken war.

„Du hast eine Woche Zeit, deine Koffer zu packen", sagte Marisa, Tommasos Witwe, und holte sie in die Gegenwart zurück.

„Vergiss es, ich entscheide selbst, wann und ob ich gehe, immerhin habe ich hier Wohnrecht."

„Du bist offenbar noch die gleiche Schlampe wie früher."

„Da könntest du recht haben. Und jetzt verschwinde gefälligst."

„Wag es ja nicht, zur Beerdigung zu kommen."

Nanà machte einen drohenden Schritt auf sie zu. „Daran kann mich keiner hindern."

„Dann werde ich so lange schreien, bis du verschwindest."

„Das wirst du nicht, dazu bist du zu gut erzogen. Zu einer solchen Stillosigkeit wirst du dich nicht herablassen. Ich könnte das. Fordere mich nicht heraus."

Gekränkt drehte Marisa sich um und ging. Alfonsina war zu aufgebracht, um weiterzuschlafen. Es war Zeit, sich dem Shitstorm zu stellen. Sie schaltete den Computer ein und tippte ihren Namen in die Suchmaschine.

Unten im Auto wartete Marisas jüngerer Sohn Fulvio, der ihr einen misstrauischen, ein wenig ängstlichen Blick zuwarf.

„Was hast du dir eigentlich gedacht, dass du bei ihr erreichen wolltest?"

Marisa deutete auf den Zündschlüssel, wollte nichts als weg. Sie hatte Nanà herausfordern wollen, diesen Teufel in Menschengestalt, gegen den sie nicht ankam. Als Tommaso diese Schnapsidee gehabt hatte, sich um das Mädchen von der Straße zu kümmern, war sie öfter bei ihr gewesen, hatte sich vor ihr auf die Knie geworfen und sie angefleht, ihr zu helfen. Vergeblich.

„Du musst nicht mit mir, sondern mit deinem Mann sprechen", hatte sie immer gesagt.

Die Umstände, die ihr Tommaso genommen hatten, waren ein schlechter Scherz des Schicksals. Seine Frau wusste, wovon sie redete. Er hatte ihr alles haarklein erklären müssen. Obwohl sie manches verstanden hatte – seine Aufopferung für Nanà vermochte sie ihm nicht zu verzeihen. Anfangs hatte sie geduldig gewartet und gehofft, ihr Mann werde seine Meinung zugunsten der Familie ändern, im zweiten Jahr dann hatte sie fast den Verstand verloren und ab dem dritten sogar an eine Liebesgeschichte geglaubt.

Diese Frau war verdammt attraktiv und konnte die Männer reihenweise um den Finger wickeln. Warum dann nicht auch einen Mann wie Tommaso Fontana?

Doch Avvocato Fontana hatte sie von dieser Idee abgebracht, ihr versichert, dass sie ihm fehle und er oft an sie denke. Sie hatten sogar gelegentlich miteinander geschlafen, ein paarmal im Monat, wenn ihre Kinder nicht da waren. Dann war er vorbeigekommen, und sie empfing ihn außer sich vor Freude in ihrem Haus und in ihrem Körper. Und sie hoffte unverändert darauf, dass er eines Tages ganz zurückkehren werde.

Das war ihr Geheimnis, ihre Kinder wussten nichts davon und hatten die Trennung der Eltern nie verstanden. Nun, wo feststand, dass er nicht mehr zurückkam, konnten sie vielleicht alles hinter sich lassen.

Das hoffte sie, Fulvio und Daria zuliebe. Ihre ältere Tochter hatte bei dem Versuch, die familiären Probleme hinter sich zu lassen, noch weit größere Fehler gemacht. Glücklicher hatte sie das nicht gemacht.

Sie strich Fulvio über den Nacken. „Wir schaffen das bestimmt."

Marisa wäre überrascht gewesen, wenn sie gewusst hätte, dass ihr Sohn selbst ein Geheimnis hatte. Er war es gewesen, der Nanà damals gezwungen hatte, das Haus zu verlassen. Und mit der Zeit hatte er ein schlechtes Gewissen bekommen und zu glauben begonnen, dass sein Vater aus diesem Grund die Familie verlassen hatte.

Als Alfonsina in sein Leben getreten war, war er ein Heranwachsender gewesen und sie eine junge Frau, die mit seinen Altersgenossen ins Bett ging. Seine Schulkollegen und seine Freunde waren sich sicher, dass er jede Nacht bei ihr im Bett lag.

„Und, wie ist es?“, fragten sie neidisch.

Damals war Fulvio mit Debora zusammen, die er im Schwimmbad kennengelernt hatte. Eine hübsche Fünfzehnjährige aus guter Familie, intelligent, witzig, aber zurückhaltend, was Sex anging.

Sein Fehler war gewesen, wie selbstverständlich davon auszugehen, dass Nanà auch mit ihm schlafen würde, da sie als Prostituierte arbeitete. Als er bemerkte, dass er sich geirrt hatte, versuchte er erst an ihre Dankbarkeit zu appellieren, dann sie mit Geld zu gewinnen.

Sie war eiskalt geblieben und hatte ihm einen Korb gegeben. Verletzt von ihrer Ablehnung, war er auf sie losgegangen und hatte sie mit Schimpfwörtern überzogen, die er von seiner Mutter und seiner Schwester gehört hatte.

Für Alfonsina nichts Neues. „Du notgeiler Grünling hast mir gerade noch gefehlt“, hatte sie gesagt und ihre Koffer gepackt.

Abends, als seine Eltern nach Hause kamen, hatte Fulvio behauptet, nichts über ihr Verschwinden zu wissen.

„Ich hatte Kopfhörer auf und habe Musik gehört“, hatte er gelogen und darauf gehofft, dass Nanà nie wiederkommen und für immer aus ihrem Leben verschwinden würde. Er war außer sich vor Angst gewesen, dass seine Eltern irgendetwas über sein Verhalten erfahren könnten. Zu seinem Glück hatte Nanà all die Jahre geschwiegen. Vielleicht hatte sie es sogar vergessen.

Nach dem neuen Vorfall hatte sie andere Dinge im Kopf. Nämlich, was der Tod des Anwalts für sie bedeutete und ob ihre alte Verurteilung sich als Falle erweisen würde. Im Netz wurde sie bereits als Schuldige gehandelt. Wie man einer Mörderin gestatten könne, ein zweites Mal zuzuschlagen, wurde gefragt, und die vorgeschlagenen Strafen variierten von körperlicher Züchtigung bis hin zur Todesstrafe. Auch eine Vergewaltigung, bevorzugt durch eine Gruppe Schwarzer, wurde empfohlen.

Nichts Neues in der Logik des Shitstorms. Was gänzlich unerträglich war, waren die zahlreichen Drohungen und Beschimpfungen ihrer Illustratorin und ihres Verlegers, die sie gegen alle Vorwürfe zu verteidigen pflegten. Ein unverzeihlicher Fehler, sofern man die Diskussion wieder auf ein vernünftiges und ziviles Level heben wollte.

Alfonsina bemerkte, dass sie sich nicht vom Bildschirm lösen konnte. Sie las die Kommentare und suchte nach Hinweisen zu den Personen, die sie geschrieben hatten. Lächelnde Gesichter, Kinder, Blumen, Katzen und Hunde. Ganz normale Leute. Genau wie die Männer, die ihr Großaufnahmen ihrer Schwänze schickten und sie kränken wollten. Familienväter, Arbeiter, Wähler.

Schließlich fand sie die Kraft, sich der zerstörerischen Macht der Medien zu entziehen, und kauerte sich in ihre Küchenecke, die Arme fest um den Körper geschlungen. Kein Märchen konnte ihre Angst mildern, von der ganzen Welt gehasst zu werden.

An diesem Morgen war Bonamente mit dem Gedanken erwacht, endlich mal wieder ein Croissant und einen Latte macchiato zu genießen, mit einer kräftigen Robustamischung aus Brasilien und Guatemala. Das war vor seinem Schlaganfall sein übliches Frühstück gewesen, und es machte ihn mehr und mehr depressiv, den Tag mit Getreidekaffee, Mandelmilch und Vollkornkeksen zu beginnen.

Dummerweise wachte Signor Alfredo darüber, dass er nichts Falsches aß, und wurde nicht müde, ihm ständig neue Wundernahrungsmittel mit zweifelhaftem Geschmack vorzusetzen. Insofern war es unmöglich, in seiner Gegenwart ein normales Frühstück einzunehmen wie früher. Außer vielleicht an besonderen Tagen. Wie Weihnachten, Neujahr, Ostern, Geburtstag. Deshalb überlegte er, die Pension mit einer Ausrede zu verlassen und sich in die nächste Bar zu flüchten.

Doch als er seinen Vermieter schwarz gekleidet an der Rezeption sitzen sah, löste sich sein Plan in Luft auf. Von Kopf bis Fuß trug er die Trauerfarbe. Selbst seine Pagenkopfperücke und das Hütchen mitsamt Schleier, der so dicht war, dass man sein Gesicht kaum erkennen konnte, waren schwarz.

„Ist jemand gestorben?“, fragte Bonamente, der sich daran erinnerte, ihn so ähnlich gesehen zu haben, als ein Stammkunde gestorben war.

„Der Mann, mit dem deine Dienstagsfrau zusammengelebt hat, ist tot“, antwortete Signor Alfredo bekümmert, „jetzt ist sie die Dienstagswitwe. Und zum nächsten Rendezvous wird sie nicht kommen können, am Dienstag um drei ist die Beerdigung.“

Sein Mieter verstand nicht, was das alles sollte. Er wusste nichts von einem anderen Mann, woher also sollte Alfredo das wissen.

„War er krank?“, war die erste Frage, die ihm in den Sinn kam, aber als er die Antwort hörte, schrillten in seinem Kopf die Alarmglocken.

„Er wurde überfahren, als er die Straße überqueren wollte. Der Fahrer wollte ihm nichts tun, sie haben zuvor gestritten, und diese Elektroautos hört man nicht. Man hat das Gefühl, einen Autoscooter zu steuern, und wenn man damit an etwas anstößt, glaubt man nicht, dass es beschädigt sein könnte. Und man vergisst manchmal, den Fuß vom Gas zu nehmen, wenn man gerade in Gedanken ist."

Bonamente bemerkte, dass Alfredos Hände, die in schwarzen Spitzenhandschuhen steckten, zitterten. Genau wie seine Unterlippe. Die Oberlippe sah man nicht, sie wurde von seinem Schleier verdeckt, doch er hätte wetten können, dass sie nicht weniger zitterte. Aber er verstand nach wie vor nicht, was das alles sollte, was sein Vermieter für einen Unsinn redete und was er überhaupt mit diesem Mann zu tun hatte. Kaum hatte er sich das gefragt, erfuhr er es.

„Ich habe am Steuer gesessen", sagte das schwarze Gespenst vor ihm und seufzte.

„Signor Alfredo!"

„Hör auf, so ein Scheiß! Es war ein Unfall, sonst nichts, und außerdem habe ich dich vor einer Serienkillerin gerettet."

Er hielt ihm eine Tageszeitung unter die Nase. Auf der ersten Seite prangte das Foto seiner Dienstagsfrau als Kind. Alfonsina Malacrida, genannt Nanà. Endlich wusste er ihren Namen. Wieder und wieder las er die drei Seiten, auf denen alles über den alten und den neuen Fall berichtet wurde. Und selbst wenn der Moment vielleicht ein unglücklicher war, beeindruckte es ihn, dass sie mit einem Mann zusammengelebt hatte, der wegen ihr alles aufgegeben hatte.

Plötzlich fiel ihm ein, dass er Signor Alfredo die wichtigste Frage noch gar nicht gestellt hatte: „Warum haben Sie ihn umgebracht?"

„Ich habe ihn nicht umgebracht, es war ein Unfall. Nun gut, vorher hat er mich beschimpft und zu Boden geworfen und mich verdammte Schwuchtel genannt."

„Wieso haben Sie sich getroffen?"

„Warum wohl? Ich war bei ihm, um ihm zu sagen, dass seine Geliebte ihn seit Jahren mit einem Gigolo betrügt."

„Signor Alfredo!"

„Lass den Scheiß! Ich habe es für dich getan, um dich vor ihr zu schützen. Ich wusste, dass sie ein dunkles Geheimnis hatte."

„Nach dem, was ich gelesen habe, hat sie immer erklärt, sie sei unschuldig. Und ich liebe sie. Warum mischen Sie sich also ein?"

Bonamente wollte es einfach nicht verstehen, dachte Alfredo. Es hatte offenbar keinen Sinn, ihm zu erklären, dass er der Einzige war, der sich um ihn kümmern und ihn vor den Gefahren der Welt schützen konnte. Diese verdammte Nanà hätte ihn weiter benutzt und ihn irgendwann einfach entsorgt wie eine wertlose Erinnerung, da war er sich sicher.

„Sie müssen sofort zur Polizei gehen und den Verdacht gegen meine Dienstagsfrau entkräften. Hier steht, dass man vermutet, sie habe einen Komplizen gehabt", forderte Bonamente ihn auf, als wäre es das Allernatürlichste auf der Welt.

„Den Teufel werde ich tun. Ich gehe sicher nicht ins Gefängnis. Einen wie mich erwarten dort Schikanen, die den Tod zu einer besseren Alternative machen. Eher bringe ich mich um."

„Nein, um Gottes willen. Wer soll dann Nanà helfen?"

„Oh, die wird sich ganz sicher selbst retten", erhielt er ungerührt zur Antwort.

„Und was, wenn sie angeklagt wird und ins Gefängnis kommt, was dann?"

„In dem Fall lassen wir uns etwas einfallen, mach dir keine Sorgen."

„Wie haben Sie diesen Mann eigentlich gefunden?"

„Internet. Ich habe deine Dienstagsfrau bis zu ihrer Haustür verfolgt, nach dem Namen geschaut und ihn bei Google eingegeben."

Dem Gigolo verschlug es die Sprache, und er ließ sich blass auf einen Stuhl sinken. „Ich will sie sehen."

Signor Alfredo wollte davon nichts wissen. „Ich glaube nicht, dass das eine gute Idee wäre. Im Moment sollte keiner von uns zu ihr gehen. Die Polizei würde Nachforschungen anstellen und auf mich kommen und sich fragen, ob ich nicht vielleicht der ältere Herr war, der am Steuer gesessen hat. Sie haben sogar eine Zeugin, eine alte, unsympathische Barbesitzerin, die mich identifizieren kann. Warte lieber, bis Nanà bei dir auftaucht."

„Sie haben recht, ich warte", murmelte Bonamente, der gerade darüber nachdachte, ob er zur Beerdigung gehen sollte. Teils aus Neugier, da er von seiner Dame so gar nichts wusste, teils, um irgendwie an ihrer Seite zu sein.

4.

Pietro Maria Belli wartete in der Bar auf Commissario Pagano. Er kannte die Gewohnheiten der Ermittler, die für ihn hilfreich sein konnten. Selbst jetzt, da er in Rente war und nur noch für einige Onlineblätter schrieb, pflegte er die Kontakte, die er sich in den vielen Jahren geduldig aufgebaut hatte.

Der Kommissar lächelte ihn an. Er wusste, dass der Journalist nicht aus reinem Zufall hier war. „Sie wollen wissen, was ich denke. Ganz ehrlich und im Vertrauen?", kam er sofort auf den Punkt. „Die Malacrida hat mit dem Unfall nichts zu tun. Ich sage deshalb Unfall, weil es keinen Vorsatz gab. Es handelt sich um einen typischen Verkehrsunfall, einen von Tausenden in diesem Land voller Verrückter, die am Steuer sitzen."

„Kann man das Tatfahrzeug und den Fahrer überhaupt ermitteln?"

„Eher unwahrscheinlich. An der Stelle, wo das Opfer überfahren wurde, gibt es keine Kameras, außerdem wurde der Anwalt zur Seite weggeschleudert, sodass keinerlei Spuren zum Wagen führen könnten. Wir wissen lediglich, dass er grau-metallic war."

Belli stellte noch ein paar andere Fragen, allerdings ohne große Hoffnung auf zufriedenstellende Antworten. Er war nicht wirklich enttäuscht, denn wie Pagano war er inzwischen davon überzeugt, dass Nanà, die Hure, wie er sie nannte, mit Fontanas Tod nichts zu tun hatte. Doch darum ging es nicht. Diese Frau verbarg etwas, da war er sich sicher, und dieses Mal würde er gründlich ermitteln, um hinter ihr Geheimnis zu kommen. Beim Prozess hatte sie sich auf eine beleidigende Art und Weise verteidigt, hatte sich nicht an die Spielregeln der Verhandlung gehalten, was ihr die Sympathie einiger Journalisten und Zuschauer eingetragen hatte, darunter Vertreter einer pseudointellektuellen Elite, die geradezu darauf warteten, sich für untragbare Menschen einzusetzen.

Der Journalist hatte sein ganzes Berufsleben in Gerichtssälen verbracht und war immer auf der Seite der Polizei und des Rechtsstaats gewesen. Nie hatte er sich auf die Gegenseite eingelassen, sondern sich immer für die Legalität entschieden. In der Hoffnung, davon zu profitieren. Er schätzte die Kollegen nicht, die immer die Staatsanwaltschaft oder die Ermittler kritisierten. Mangelnde Eindeutigkeit schadete der Sache des Guten. Zu Zeiten der großen Skandale, wie den Antikorruptionsprozessen in den Neunzigerjahren, hatte er es sogar zu einem gewissen Bekanntheitsgrad auf Landesebene gebracht und war häufiger mit Richtern zusammen zu sehen gewesen. Mehr noch: Getragen von dieser Sympathiewelle, hatte er sogar eine Partei gegründet.

Alfonsina Malacrida, die Hure, die Dealerin, die inzwischen eine erfolgreiche Schriftstellerin geworden war, musste verurteilt werden. Sie hatte nicht genug bezahlt. Und vor allem hatte sie die Erinnerung an den honorablen Anwalt Fontana in den Dreck gezogen. Ihre Beziehung musste etwas Perverses und Abartiges gehabt haben, zumal die Ex-Frau immer wieder betonte, dass Nanà und ihr Mann sich weder geliebt hätten, noch miteinander ins Bett gegangen wären. Das mit der Liebe mochte ja stimmen, das Motiv hingegen, warum Tommaso Fontana alles hingeworfen hatte, um mit einer Hure zusammenzuleben, konnte im Grunde nichts anderes als Sex gewesen sein.

Er dachte an den Prozess zurück, an die Aussagen der Männer, die Nanàs Dienste gegen Geld in Anspruch genommen hatten. Und an ihre Behauptung, dass der Vater sie verkauft habe, der sich seinerseits damit gerechtfertigt hatte, seine Tochter sei eine unersättliche Nymphomanin. Was Belli ihm geglaubt hatte und noch immer glaubte.

Diese Frau würde sich nie ändern. Sie war so verdorben, dass sie sogar während des Prozesses die Männer verwirrt hatte. Während der Aussagen der Liebhaber hatte er sich selbst in einem Maße mitreißen lassen, dass er lauter obszöne Bilder im Kopf und eine peinliche Erektion gehabt hatte.

Als ihm das Schicksal jetzt eine weitere Chance gegeben hatte, den Fall Malacrida, der ihn nie losgelassen hatte, noch einmal auszugraben, war er erfreut gewesen, und er hoffte, die Sache für sich zu einem passenden Abschluss bringen zu können. Zum einen hatte er sie nicht vergessen, zum anderen verdarben die Erinnerungen ihm die Laune.

Pietro Maria Belli wusste genau, dass er nicht wirklich gut schreiben konnte und deshalb auch nicht bei den großen, überregionalen Zeitungen gelandet war. Ausgeglichen hatte er das durch ein Bemühen, sich mit der Staatsanwaltschaft und der Polizei immer gut zu stellen und dadurch an Informationen zu gelangen, die andere nicht erhielten. Sie hatten ihn als ihren Verbündeten gesehen. Im Übrigen saßen die meisten Journalisten der neuen Generation in ihren Redaktionen auf ihrem Hintern und warteten auf Nachrichten der Agenturen oder irgendwelcher IT-Girls.

Im Gegensatz zu ihnen ging er raus und ermittelte. Er hatte mit Pagano begonnen und würde als Nächstes in die Bar gehen, wo man den schwulen Alten gesehen hatte, der nach Avvocato Fontana gefragt hatte. Mit Sicherheit war er kein Typ, mit dem Nanà eine Beziehung gehabt hatte, aber vielleicht war es eine ihrer Strategien, um die Ermittler auf eine falsche Fährte zu führen, und damit ein durchaus spannendes Detail für die Leser und die Chefredakteure. So etwas gefiel jedenfalls.

Die Barfrau erkannte ihn sofort. Seine dichten grauen Locken, die ihm in die Stirn fielen, waren unverwechselbar. Die Chance, in der Zeitung erwähnt zu werden und ein wenig Werbung für ihre Bar zu machen, ließen sie freundlich und bereitwillig alle Fragen beantworten. Belli machte noch einige Fotos mit seinem Handy und stellte ein paar Fragen über die Homosexuellen aus dem Viertel, um den älteren Mann zu identifizieren. Er quetschte sie aus, bis sie keine Lust mehr hatte.

„Ich muss wieder an die Arbeit“, sagte sie leicht genervt, „mehr kann ich Ihnen nicht sagen.“

Sie ließ ihn seinen Fruchtsaft bezahlen, den sie ihm am Anfang noch hatte spendieren wollen, und hoffte, dass er nie wieder auftauchte. Der selbsternannte Ermittler machte sich auf die Suche nach neuen Informanten.

Obwohl am Unglückstag alle Geschäfte wegen der Prozession geschlossen gewesen waren, drehte er eine Runde durchs Viertel und fragte nach der „Schwuchtel". Inzwischen nannten ihn alle in der Gegend so, selbst wenn ihn keiner kannte. Belli war überzeugt, dass er der Täter sein musste. Deshalb versuchte er den Weg nachzuvollziehen, den Fontana von seiner Haustür bis zu dem Punkt genommen haben konnte, an dem er überfahren wurde. Bis zum Abend hatte er mit gut einem Dutzend Leuten gesprochen. Niemand hatte etwas bemerkt oder gesehen. Kameras, die den Autoverkehr aufnahmen, gab es so gut wie keine. Und den Randstein, auf dem der Anwalt mit dem Kopf aufgeschlagen war, betrachtete er mit der gleichen Frustration wie der Trainer eines Bluthunds, der die Spuren eines geflohenen Häftlings in den Sümpfen von Louisiana verloren hatte.

Am nächsten Morgen traf er sich zum Frühstück mit Sovrintendente De Caro, Paganos rechter Hand, der seinerzeit ebenfalls am Verhör von Alfonsina Malacrida teilgenommen hatte. Er war ein Polizist vom alten Schlag, hielt wenig von der neuen Technik und von modernen Ermittlungsmethoden. Lieber war er auf der Straße und befragte Zeugen oder Verdächtige. Außerdem hatte er ein exzellentes Gedächtnis und konnte das gesamte Verhör nacherzählen, die Fragen ebenso wie Nanàs zurückhaltende Antworten.

„In welche Richtung ermittelt ihr?", fragte ihn der Journalist.

De Caro zuckte mit den Schultern. „Ehrlich gesagt, warten wir auf einen Hinweis. Die ganze Stadt spricht über den Fall, vielleicht taucht ja noch ein Zeuge auf."

„Wenn es kein Unfall war, muss es eine geplante Tat gewesen sein."

„Dafür haben wir keine Hinweise. Pagano ist fest davon überzeugt, dass es ein Verkehrsunfall war."

„Und Sie?"

„Ich glaube, da ist mehr dran. Typen mit krimineller Vergangenheit wie die Malacrida ändern sich nicht. Leider ist sie wirklich clever, und somit dürfte es sehr schwer sein, ihr etwas nachzuweisen."

„Morgen ist Fontanas Beerdigung."

„Ich weiß. Wir werden jemanden zur Beobachtung hinschicken, ohne dass wir uns etwas Neues erwarten."

„Verstehe ich das richtig, dass ihr die Ermittlungen, um die Schwuchtel zu finden, eingestellt habt?"

„Wäre es um Vorsatz gegangen, dann hätte der Fahrer das Opfer gut gekannt und sich nicht in der Bar nach ihm erkundigen müssen. Und wenn es ein Unfall war, ist die Wahrscheinlichkeit, dass er am Steuer gesessen hat, gleich null."

Belli gab sich unbeeindruckt davon, dass die Polizei diese Variante gänzlich ausschloss. Stattdessen jubilierte er innerlich, dass er der Einzige war, der fest daran glaubte und diese Spur verfolgte.

Die Aussegnungshalle war zu klein für die Menschenmassen, die von Tommaso Fontana Abschied nehmen wollten. Die Kirche des Viertels, in dem er gewohnt hatte, hätte ausreichend Platz geboten, aber als erklärter Atheist hatte er sie nie betreten.

Der Sarg war über und über mit Blumen und Kränzen bedeckt. Alfonsina saß in der ersten Reihe ganz rechts, am anderen Ende hatten Marisa und die beiden Kinder Platz genommen. Die Witwe warf ihr immer wieder hasserfüllte Blicke zu. Sie wollte, dass alle wussten, dass zwischen ihr und Alfonsina ein moralischer Abgrund lag. Die Konkurrentin starrte auf den Sarg. Die Stühle um sie herum waren leer geblieben. Niemand hatte sie angesprochen, ihr die Hand gedrückt oder sie umarmt. Die Beileidsbezeugungen waren der Familie vorbehalten gewesen.

Ein ehemaliger Kollege, mit dem Fontana vor vielen Jahren die Kanzlei gegründet hatte, war bewegt ans Mikrofon getreten und hatte eine kurze Rede gehalten, in der er einen guten, ehrlichen, sympathischen und klugen Mann gewürdigt hatte, einen leidenschaftlichen und kompetenten Juristen. An dieser Stelle endete der Nachruf. Warum er seinen Beruf an den Nagel gehängt hatte, kam nicht mehr zur Sprache. Hier hätte lediglich Alfonsina Auskunft geben können.

Stattdessen kam laute Musik aus den Boxen. Das *Prélude No. 20* von Chopin, gespielt von Grigori Sokolow, ertönte. Nanà stand auf, ging zum Sarg, schob die Blumen beiseite und küsste den Kirschholzdeckel.

Im Raum wurde es totenstill, allein ihr verzweifeltes Schluchzen war zu hören. Marisa, gefolgt von den Kindern, verließ empört die Halle, ihre Absätze klapperten über den Marmorboden. Die anwesenden Fotografen umringten Alfonsina und den Sarg und setzten sie einem grellen Blitzlichtgewitter aus.

Der Einzige, der darauf verzichtete, war Pietro Maria Belli. Er hatte sich extra für diesen Anlass ein neues Handy gekauft und zu Beginn alle in der Halle erscheinenden älteren Männer fotografiert.

Einer der ersten war Signor Alfredo gewesen, der sehr früh zusammen mit Bonamente zu der Trauerfeier gekommen war, weil er einen Sitzplatz bekommen wollte. Belli fiel auf, dass er seinen Begleiter davon abhalten musste, neben Nanà Platz zu nehmen, denn das hätte ihn einem gefährlichen Verdacht ausgesetzt, und ihn selbst womöglich ebenfalls. Dumm nur, dass er sich zu sehr seinen Gefühlen überließ und beim Anblick des Sarges hemmungslos zu weinen begann, sodass andere Trauergäste sich zu fragen schienen, in welchem verwandtschaftlichen Verhältnis er wohl zu Fontana gestanden hatte.

Als die Verabschiedung des Toten zu Ende war, erhob Nanà sich abrupt und begab sich mit gesenktem Kopf in Richtung Ausgang. Niemand sollte ihr tränenüberströmtes Gesicht sehen, das eine Maske des Schmerzes war. Sie wollte nicht zum Freiwild für diese Meute Schakale werden.

Kurz darauf betrat durch die Seitentür ein Mann um die fünfzig die Halle. Er hatte einen Dreitagebart und wirkte verlebt, trug verblichene Jeans und Cowboystiefel. Niemand wusste, dass er die Friedhofsbeamten dafür bezahlt hatte, dass er einige Minuten mit dem Verstorbenen allein sein konnte. Eine Zigarettenlänge lang.

Er hatte es mit Absicht vermieden, sich unter die Trauergäste zu mischen. Wenn ihn jemand erkannt hätte, wäre er vielleicht gefragt worden, was ihn mit dem Anwalt verbunden hatte, und das wollte er vermeiden. In der ersten Reihe ließ er sich auf einen Stuhl fallen, und zum ersten Mal spürte er die Last der Geheimnisse und seiner Vergangenheit, die er mit niemand anderem als Tommaso teilen konnte. Nun war es zu spät. Fontana war tot, und er war allein geblieben mit der ganzen Scheiße.

Der Anwalt war viel zu früh gegangen und hatte keine Zeit mehr gehabt, seine Angelegenheiten oder die der anderen, die ihm am Herzen lagen, zu ordnen. Daran war nichts mehr zu ändern.

Er drückte die Zigarette unter seinem Absatz aus und wartete, bis der Sarg durch eine Seitentür ins Krematorium geschoben wurde. In die Flammen der Hölle. Danach blieb nichts als Asche.

Signor Alfredo und Bonamente fuhren im Taxi in die Pension Lisbona zurück. Sofort zogen sich beide auf ihre Zimmer zurück und gaben sich ihren Gedanken hin. Der eine dachte an den herzzerreißenden Abschied der Dienstagsfrau von diesem Mann, den sie sehr geliebt haben musste, der andere grübelte über die Gefahr nach, deren Ausmaß er erst bei Alfonsinas Schluchzen ermessen hatte können.

Von dem Moment an, als er den Sarg vor sich sah, hatte er ausschließlich sein Opfer um Vergebung angefleht. Seit ein Priester ihm verboten hatte, sich zu normalen Zeiten in der Kirche sehen zu lassen, sondern höchstens die Messe um sechs Uhr morgens zu besuchen, um andere Gläubige nicht zu verwirren, hatte er nicht mehr gebetet. Trotzdem hatte er passende Worte gefunden, um Tommaso Fontana um Verzeihung zu bitten.

Noch einmal hatte er jeden Augenblick des Ereignisses Revue passieren lassen, um für sich zu klären, ob es sich um einen Unfall gehandelt hatte oder ob er den Anwalt dafür bestrafen wollte, dass er ihn „verdammte Schwuchtel“ genannt hatte. Die

Wahrheit war so schmerzlich gewesen, dass er am liebsten aufgestanden wäre und öffentlich seine Schuld eingestanden hätte.

Zum Abendessen erschien er der Trauer entsprechend in einem schwarzen Kleid mit passendem Hut und Schleier. Bonamente betrachtete ihn nachdenklich.

„Sie hat die Feier ganz schön bewegt, nicht wahr?"

„Begräbnisse berühren mich immer sehr", antwortete Signor Alfredo ausweichend.

„Ich versuche sie zu vermeiden. Und es wäre eindeutig besser gewesen, zu diesem nicht zu gehen. Schlimm, wie ich geheult habe. Es hat mir leidgetan, meine Dienstagsfrau so verzweifelt und einsam zu sehen."

„Komm, das war nicht deine Schuld."

„Nein, bloß hat niemand sie getröstet, dabei hätte sie das verdient."

„Die Anwesenheit einer Geliebten ist nie erwünscht, vor allem nicht einer, die als Hure und Mörderin gilt und die einen respektablen Mann um den Verstand gebracht hat", erklärte der Täter selbstgerecht, was Bonamente ebenso schmerzte wie empörte.

„Es tut mir sehr weh, wenn Sie so etwas Gemeines sagen", protestierte er.

„Das ist nicht allein meine Meinung, sondern das, was heute zu spüren war und was in der Zeitung stand."

„Sie hat sich auf den Sarg geworfen, also muss sie ihn wahnsinnig geliebt haben."

„Hoffentlich hast du endlich verstanden, dass du nichts als ihr Gigolo bist", entgegnete Signor Alfredo seinem Mieter mitleidslos.

„Wer weiß, ob sie überhaupt noch einmal dienstags zu mir kommt."

„Das hoffe ich nicht, wenn ich ehrlich bin."

Bonamente fand die Herzlosigkeit seines Wirtes unerträglich und schrecklich ungerecht.

„Wenn ich sie verliere, dann ist das Ihre Schuld. Und das werde ich Ihnen nie verzeihen."

Der alte Mann erhob sich und begann den Tisch abzuräumen. In seinen Augen standen plötzlich Tränen.

„Warum verstehst du das nicht, Bonamente? Ich habe ganz einfach versucht, dich vor deinen albernen, illusorischen Träumen zu retten. Wer außer mir kümmert sich schließlich um dich? Sie bezahlt dich für deine Dienste, der Rest interessiert sie nicht. Lässt dich ihr früheres Leben, das vor Fontana, denn völlig kalt?"

„Signor Alfredo, ich nehme an, dass es die Angst vor der Einsamkeit ist, die Sie so etwas sagen lässt. Das erinnert mich an die Unsitte, dass in meiner Familie das jüngste Kind nicht heiraten durfte, weil es die Eltern pflegen musste, wenn sie alt waren."

„Das ist wirklich grausam, ich habe nie daran gedacht oder gewollt ..."

„Ich weiß. Und ich weiß auch, dass ich krank bin und Sie brauche wegen meiner Medikamente, der Diät und den Arztterminen. Niemals möchte ich hier weg, die Pension Lisbona ist mein Zuhause. Doch gleichzeitig will ich, dass Nanà genauso ein Teil *meines* Lebens ist."

Alfredo Guastini räumte weiter ab, als wäre nichts passiert. Seiner Meinung nach machte Bonamente einen Fehler. Leider war es unmöglich, einer solchen Liebe mit Worten zu begegnen, das wusste er nur allzu gut.

Als Pietro Maria Belli die Bar betrat, verzog die Frau hinter der Theke unwillig die Lippen. Er achtete nicht darauf und ging direkt auf sie zu.

„Ich möchte, dass Sie sich einige Fotos ansehen, die ich gemacht habe."

„Dazu habe ich keine Zeit."

Der Journalist schaute sich um. Die Bar war halb leer, und neben ihr saß ihr Mann, der gerade die Sportnachrichten las. Er würde die Bewirtung der Gäste problemlos allein schaffen.

„Entschuldigen Sie, wenn ich darauf bestehe. Ich möchte in meinem Artikel ungern schreiben, dass Sie sich nicht kooperativ gezeigt haben, das würde sich bestimmt nicht gerade positiv auf Ihr kleines florierendes Unternehmen auswirken", sagte er mit drohendem Unterton und sah sie herausfordernd an.

„Florierend."

Das Wort, das die Frau offenbar nicht so recht einzuordnen vermochte, schwebte eine Weile im Raum, bevor sie nachgab und auf einen Tisch in der Ecke deutete, wo sie immer die Vertreter empfing. Nur dass sie sich dieses Mal nicht Fotos von Keksen, Bonbons oder Getränken, sondern von Gesichtern ansehen sollte. Belli hatte einige Stunden darauf verwendet, dieses Album zu erstellen, lauter Großaufnahmen der Männer über sechzig, die an der Beerdigung für Fontana teilgenommen hatten.

„Konzentrieren Sie sich, es ist wichtig."

Das musste er ihr nicht sagen. Die Barbesitzerin blätterte aufmerksam die Seiten durch, betrachtete jedes Gesicht. Sie war von der Idee fasziniert, jemanden wiederzuerkennen, genau so, wie man das in den Fernsehkrimis machte. Als sie Signor Alfredo sah, wusste sie sofort Bescheid. Dennoch nahm sie sich genießerisch Zeit, um ihn auf die Folter zu spannen.

„Der da."

Am liebsten hätte Belli ihr das Album aus den Händen gerissen, um sich das Gesicht des Mannes genau anzusehen. Er würde ihn finden und auf die erste Seite der Zeitungen bringen, es war lediglich eine Frage der Zeit, mehr nicht. Commissario Pagano würde er allerdings nichts von seiner Entdeckung erzählen. Das würde er für sich behalten, denn diese Ermittlung betrachtete er als seine ganz private Leistung, als einen Erfolg, der ihn berühmt machen würde. Ein Gerichtsreporter, der als Rentner die Polizei und die Kollegen in die Tasche steckte. Artikel, Sendungen im Radio und im Fernsehen würden seinen Namen landesweit bekannt machen. Und beim Prozess wäre er der Star, der Spürhund, der den Fall gelöst hatte.

Er bedankte sich mit einem Handschlag bei der Barbesitzerin, versprach ihr eine tragende Rolle, wenn er die Ermittlungsergebnisse veröffentlichte, und bat sie, in der Zwischenzeit zu schweigen.

Am Dienstag nach der Beerdigung wachte Nanà mit dem festen Entschluss auf, wieder zu schreiben. Sie hatte einen Vertrag zu erfüllen, und ihr Verleger war der Einzige, der sie weder tot noch im Gefängnis sehen wollte. Und dafür war sie ihm über die Maßen dankbar. Im Übrigen war es wichtig, einigermaßen zu einem normalen Leben zurückzukehren. Die vergangenen Tage waren schwer und voller Alkohol gewesen, allein die Beerdigung hatte sie mehr mitgenommen als erwartet. Und dann die gemeinen Kommentare in den Zeitungen und Medien, die kein gutes Haar an ihr gelassen hatten. Die Hure habe die trauernde Witwe am Sarg des Geliebten gespielt, um nicht ins Gefängnis zu müssen, war einer der Kernsätze gewesen.

Sich in ihre Fantasiewelt, die Märchen, zu flüchten würde ihr helfen, wieder auf die Beine zu kommen und ihr Leben neu zu planen. Bloß wusste sie nicht, wohin. Man hatte sie aufgespürt, und künftig würde jeder Journalist in jedem verdammten Artikel über ihre Bücher auf ihre Vergangenheit verweisen und auf die Verdachtsmomente im Fall des toten Anwalts. *Copy-and-paste*, so einfach war das. Intelligenz und vorsichtiges Beurteilen waren da weniger gefragt.

Nanà war Tommaso ungeheuer dankbar für die Jahre der Ruhe und des Friedens, die er ihr geschenkt hatte und durch die sie in den Genuss von mehr Lebensqualität gekommen war. Sie konnte gar nicht sagen, wie viel es gewesen war. Wenn sie an die Zukunft dachte, die vor ihr lag und die in dem Moment beginnen würde, in dem sie die Tür der Wohnung für immer hinter sich schließen würde, packte sie nackte Angst, sie hatte das Gefühl, in ihrem Magen würde eine wilde, wütende Katze hausen.

Beim Verhör im Präsidium hatte sie sich geschworen, den Kontakt zu Bonamente in dem Moment, in dem alle sich auf sie konzentrierten, abzubrechen. Aber dann hatte sie ein bohrendes Bedürfnis nach Sex verspürt, verbunden mit dem Wunsch, sich in die Arme jenes Mannes zu flüchten, der sie so leidenschaftlich liebte und der ihr alles verzeihen würde.

Sie schaute aus dem Fenster. Selbst das Wetter spielte verrückt. Es war Mitte Oktober und noch immer viel zu warm, der Herbst ließ sich nicht blicken. Deprimiert setzte sie sich an den Schreibtisch, um ein paar Stunden zu arbeiten. Als nichts dabei herauskam, änderte sie ihren Plan, überlegte, welche Spirituose zu diesem verzweifelten und gewagten Besuch passte, packte sie ein und verließ das Haus mit gesenktem Blick.

Ihr Pech, dass sie Pietro Maria Belli nicht bemerkte, der in der Nähe ihrer Wohnung Position bezogen hatte. Nach vielen vergeblichen Versuchen, den Mann auf dem Foto aufzuspüren, hatte er sich in der Nähe von Alfonsina Malacridas Wohnung auf die Lauer gelegt.

Am liebsten hätte er sie angehalten und ihr das Foto brutal unter die Nase gehalten. „Kennst du ihn, Nanà? Das ist der Typ, der deinen Tommaso umgebracht hat." Einfach, um die Reaktion zu sehen und zehn tödliche Zeilen darüber zu Papier zu bringen.

Er ging schneller, um zu ihr aufzuschließen, und fragte sich, warum seine Beute sich so merkwürdig verhielt. Sie betrat ein Kaufhaus und stieg dort in den Aufzug zur Tiefgarage. Merkwürdig, dabei hatte sie gar keinen Führerschein. Der Journalist folgte ihr in gebührendem Abstand und begriff, was sie vorhatte. Auf diese Weise versuchte sie, eventuelle Verfolger abzuschütteln. Die Technik hatte sie wahrscheinlich von ihren Dealerfreunden gelernt, doch sehr gut war sie darin nicht, wenn selbst ein pensionierter Journalist ihr auf den Fersen blieb. Vermutlich hatte sie der Tod des Anwalts ziemlich aus der Spur gebracht und ihre Aufmerksamkeit geschwächt, sonst hätte sie ihn sicher problemlos abschütteln können.

Die Vermutung des Journalisten stimmte. Abgesehen davon war Nanà sich nicht sicher, ob sie heute wirklich zu Bonamente gehen sollte, und ließ sich das Für und Wider noch einmal durch den Kopf gehen. Belli, den sie sogar vom Aussehen her kannte, übersah sie dabei.

Früher hatte sie den Weg zwischen Wohnung und Pension für erotische Fantasien genutzt, die sie für ihre Begegnung mit Bonamente richtig heiß machen sollten. Und nach exakt sechzig Minuten hatte sie diese Fantasiewelt wieder verlassen. Sex hatte in ihrem Leben mit Tommaso keinen Platz gehabt und deshalb hatte sie ihn in ihre Fantasie verschoben. Der Anwalt hatte unglaublich viel für sie getan, hatte ihr geholfen, ihre Würde und ihre Selbstachtung wiederzufinden, aber ganz ohne Liebe konnte sie nicht leben. Und falls Tommaso sie tatsächlich begehrt hatte, hatte er sich immer gut unter Kontrolle gehabt.

Sie hatte still unter diesem Mangel gelitten, indes hatten weder sie noch Tommaso den Mut gehabt, diesen Punkt anzusprechen. Ein Tabuthema, ähnlich wie bei Eltern und Kindern. Aber sie waren nicht Vater und Tochter, Fontana hatte sie nur adoptiert, um sein immenses Schuldgefühl zu überwinden. Und sie für ihren Teil war überzeugt, dass niemand bereit war, eine Mörderin zu lieben, deren Körper vielen, viel zu vielen Männern gehört hatte.

Nach etlichen Umwegen läutete Alfonsina Malacrida bei der Pension und stieg in den Aufzug. Dass der Journalist das schnörkellose Messingschild an der Tür fotografierte, entging ihr. Und dass er zu einem Kiosk schlenderte, von wo aus er eine gute Sicht auf den Eingang hatte, bekam sie erst recht nicht mehr mit.

Belli schlug das Album mit den Fotos auf und hielt es dem etwa sechzigjährigen Kioskbesitzer hin, der gerade die Zeitschriften ordnete.

„Haben Sie diesen Mann schon mal gesehen?"

Der Mann betrachtete erst das Foto und dann den Journalisten. „Sind Sie nicht Pietro Maria Belli?", fragte er, statt zu antworten.

„Ja, der bin ich."

„Ich dachte, Sie arbeiten gar nicht mehr."

„Wir von der alten Garde sind immer auf der Suche nach guten Geschichten."

„Und Sie suchen nach diesem Mann wegen eines Artikels über ihn?"

„Ja, ich möchte gerne ein Interview mit ihm machen."

„Sind Sie nicht Gerichtsreporter? In welchen Fall ist dieser Mann denn verwickelt?"

„Das darf ich Ihnen nicht verraten."

Sein Gegenüber schüttelte den Kopf. „Tut mir leid, ich glaube nicht, dass ich ihn schon mal gesehen habe."

„Schauen Sie bitte etwas genauer hin."

Der Mann heftete seinen Blick auf das Foto und gab Belli das Album zurück.

„Nein, tut mir leid."

Der Journalist überreichte ihm seine Visitenkarte, falls ihm doch noch etwas einfallen sollte, und verabschiedete sich rasch. Er traute dem Kioskbesitzer nicht.

Mit Recht. Natürlich hatte der Mann Signor Alfredo sofort erkannt, nur würde er keinen Stammkunden verraten. Erst recht nicht an einen so unfreundlichen Mann. Er musste schnellstmöglich den Besitzer der Pension darüber informieren, dass ein Journalist im Viertel unterwegs war, ein Foto von ihm herumzeigte und Fragen nach ihm stellte.

Und bestimmt würde er Alfredo Guastini nicht in Verlegenheit bringen. Dieser hatte ihm in der Vergangenheit immerhin Geld geliehen, als er in wirtschaftlichen Schwierigkeiten steckte und fast den Kiosk verloren hätte.

„Wie viel brauchst du?", hatte er gefragt, ganz freundlich, als ob er wie immer einen seiner Heftchenromane bei ihm kaufen wollte.

Der Mann hatte verschämt eine Summe genannt, und nach ein paar Tagen war Signora Erminia bei ihm vorbeigekommen, um ihm einen Umschlag mit dem Logo der Pension zu geben. Dieser Arsch von Belli sollte sich vom Acker machen.

Nanà war überrascht, dass Alfredo Schwarz trug, als wäre er in Trauer. Sie blieb neugierig einen Moment stehen und betrachtete seine Aufmachung, ohne weiter darüber nachzudenken.

In Gedanken versunken betrat sie das Zimmer ihres Gigolos, der bei ihrem Anblick in Tränen ausbrach.

Leicht genervt schüttelte sie den Kopf. „Leute in deinem Job weinen nicht vor ihren Klienten, das ist ein prinzipiell nicht erlaubtes Benehmen."

Nach diesem enttäuschenden Auftakt rechnete sie bereits damit, dass es heute nichts werden würde mit ihrem Orgasmus, zog sich nicht aus und legte kein Geld auf den Nachttisch. Sie nahm einzig die Flasche und zwei Gläser aus der Tasche, füllte sie und reichte eines davon Bonamente, der sich gar nicht beruhigen konnte.

„Auf ex."

Für einen Moment hörte er glatt auf zu weinen. „Der ist wirklich gut."

„Es ist Gin, der uneheliche Sohn des Genevers, ein Schnaps aus Wacholderbeeren. Ein holländischer Arzt hat ihn erfunden, vielleicht hilft er ja gegen das Heulen. Er ist durchsichtig, ohne Erinnerungen, ohne den Geschmack eines Alterungsprozesses. Seine Töne bleiben ursprünglich, man schmeckt die Ausgangsstoffe, den Strauch, den man sorgfältig für seine Herstellung ausgewählt hat: Wacholder und italienisches Süßholz, englische Engelwurz, russischen Koriander, dazu spezielle Gewürze, die jeder Destillateur auswählt, damit seine Variante einzigartig ist."

Sie hätte gerne weitergesprochen, Getränke auf der Basis von Gin bargen ein Meer aus Geschichten über Sünder, Verrückte und Verschwörer. Herrliche Geschichten, die schön zu erzählen und gut anzuhören waren, leider nicht, wenn einer, der zuhören sollte, ständig in Tränen ausbrach.

Eine blöde Idee, warf sich Nanà stumm vor und trank auf ihr Pech, indem sie den Inhalt ihres Glases in einem Zug hinunterkippte. Ihr Entschluss war gefasst: Sie würde sich mit ihrem heulenden Gigolo betrinken.

In dem Moment entdeckte sie ihr aus einer Zeitung ausgeschnittenes Foto.

Obwohl es keine direkte Überraschung war, dass er über die Gerüchte Bescheid wusste, die über sie zirkulierten, ärgerte es sie gewaltig. Irgendwie hatte sie gedacht, dass die Pension Lisbona ein Ort für sich war, fernab der Welt, an den sie sich eine Stunde pro Woche flüchten konnte und in den nichts von der Welt draußen eindrang. Als sie aufstand und ihre Sachen zusammensuchte, wurde Bonamentes Weinen stärker.

„Verdammte Scheiße, du gehst einem wirklich auf die Nerven mit dieser Heulerei", stellte sie missmutig fest.

Ihre Worte ließen ihn vollends die Kontrolle verlieren und Dinge sagen, die er um keinen Preis hätte sagen sollen und wollen.

„Es war ein Unfall, er wollte das nicht", stammelte er so leise, dass sie ihn kaum verstand.

Alfonsina schnellte zu ihm herum, starrte ihn entgeistert an. „Wer ist er?"

„Signor Alfredo."

In diesem Augenblick saß der Beschuldigte in seinem Lieblingssessel im Salon und löste ein Kreuzworträtsel, worin er so fit war, dass er nicht groß nachdenken musste. Er wusste genau, dass Bonamente seiner Dienstagsfrau sagen würde, wer schuld war am Tod des Anwalts. Zum einen konnte er als ehrlicher Mensch nicht lügen, zum anderen war er zu verliebt, um dieses belastende Geheimnis für sich zu behalten.

Signor Alfredo war bereit, Verantwortung für seine Tat zu übernehmen. Mit einer Ausnahme: Ins Gefängnis würde er nicht gehen. Über diesen Punkt hatte er mit seinem Mieter

Klartext gesprochen. Eher würde er sich umbringen. Dennoch fand er es richtig, dass Alfonsina die Wahrheit kannte.

Hinzu kam, dass er sich weiterhin schwere Vorwürfe machte, diesen Mann angefahren und getötet zu haben. Und er schämte sich für seine Gemeinheit, dem Anwalt alles über das Liebespaar gesteckt zu haben. Früher wäre er nicht mal im Traum zu solcher Niedertracht fähig gewesen, die nackte Angst, völlig vereinsamt alt werden zu müssen, hatte ihn schwach gemacht.

Ein lautes Geräusch, ein empörter Aufschrei vielleicht, zerriss die Stille und bewog den Hausherrn, das Kreuzworträtsel fürs Erste beiseitezulegen. So schnell er konnte, eilte er in Richtung von Zimmer drei. Er war fest davon überzeugt, dass sie auf den sanften Bewohner in übler Weise losgegangen war. Schließlich war das Gefängnis eine gute Schule für sie gewesen, dort musste man sich gegen die Wächter und Mithäftlinge durchsetzen. Und solch erlernte Gewalt wurde man nie wieder los, sie drang bis ins Innerste der Persönlichkeit. Tommaso Fontana hatte bestimmt sofort bemerkt, dass Alfonsina Hilfe brauchte, und ihr beigebracht, sich unter Kontrolle zu halten, doch die giftige Pflanze der aggressiven Gewalt, die unter einem Berg von Traumata lauerte, hatte er nicht ganz ausreißen können. Jetzt würde er, Alfredo Guastini, darunter zu leiden haben.

Die Dienstagsfrau kam ihm entgegen und hielt einen schweren, mosaikverzierten Metallelefanten im Shabby-Chic-Stil in der Hand, um ihn dem Mörder ins Gesicht zu schleudern. Auch das lernte man im Knast: Der erste Schlag musste immer das Gesicht treffen und gleich beim ersten Mal sitzen.

Nicht nur, um damit den Gegner auszuschalten, sondern um ein unauslöschliches Zeichen zu setzen.

Signor Alfredo sah, dass in ihr eine Mischung aus Wut und Schmerz loderte, die nach handgreiflicher Gerechtigkeit schrie. Als Erstes riss sie ihm das Hütchen mit dem Schleier vom Kopf, zusammen mit der Perücke flog es zur Seite, und sie stand einem kleinen, hilflosen Mann gegenüber, der bereit zu sein schien, sich ihrem Hass zu stellen. Nanà betrachtete ihre Waffe, den Elefanten: Der Rüssel würde sich in seine Wange bohren, ihm die Zähne ausschlagen und die Zunge spalten.

Plötzlich fühlte sie sich erschöpft und ließ sich in einen Sessel fallen. „Setz die Perücke wieder auf, so siehst du wirklich furchtbar aus", sagte sie.

Während Signor Alfredo noch seine Frisur in Ordnung brachte, tauchte Bonamente auf. Er hatte die Hand vor den Mund gepresst aus panischer Angst, dass etwas Schreckliches passiert sein könnte.

„Los, hol den Gin", befahl Alfonsina, die nach wie vor den Elefanten umklammerte.

„Ich bin gar nicht so", erklärte sie und reichte die Figur an ihr Opfer weiter, „zumindest nicht mehr. Eigentlich will ich nichts anderes mehr tun, als Kindergeschichten schreiben, die die Eltern ihren Kindern zum Einschlafen vorlesen. Ich hatte gehofft, dass mir das niemand mehr nehmen würde und dass man mich in Frieden lässt. Aber dann kommst du, verfluchte Transe, und machst alles kaputt."

„Er sollte einfach wissen, dass du zu einem Gigolo gehst", begann Signor Alfredo kaum hörbar zu flüstern. „Und ich dachte, dann würdest du Bonamente ein für alle Mal in Ruhe lassen. Ich dachte nicht, dass ich mich irren könnte. Zu meinem Entsetzen ist Fontana völlig ausgerastet und war kein bisschen dankbar. Hat nicht begriffen, dass ich ihm einen Gefallen tun wollte. Dadurch war ich völlig benommen, als ich wieder im Auto saß, taub und wie gelähmt, und konnte den Fuß nicht vom Gaspedal nehmen. Es war ein Unfall, glaub mir."

Sie hörte ihm mit geschlossenen Augen zu. „Du hast einen ganz besonderen Menschen umgebracht", sagte sie voller Trauer.

„Inzwischen weiß ich das, und es tut mir wirklich unendlich leid."

„Erspar mir diesen Teil, man kann ohnehin nichts mehr ändern", entgegnete Nanà, „du bist nichts als eine falsche Schlange mit wundem Arsch. Mich von meinem Gigolo fernhalten? Was hast du eigentlich erwartet? Hast du nicht kapiert, dass er hetero ist?"

Bonamente brachte die Flasche. „Signor Alfredo hatte lediglich Angst, ganz allein zu bleiben."

Seine Dienstagsfrau riss ihm den Gin aus der Hand und warf ihm einen eiskalten Blick zu. „Du verteidigst ihn ernstlich?"

Verzweifelt ruderte er mit den Händen und suchte vergeblich nach einer Antwort, die ihren Zorn nicht noch mehr anstachelte. Zum Glück kam ihm sein unglücklicher Vermieter zu Hilfe.

„Sagt mir, was ich machen soll. Ich bin bereit, Verantwortung zu übernehmen, das weiß mein junger Freund, in jeder Hinsicht, außer dass ich ins Gefängnis gehe."

„Mit dem Hütchen würdest du dort keine Viertelstunde überleben", seufzte Nanà, „und jetzt halt den Mund, dein dummes Gerede macht mich ganz nervös. Gib mir dein Telefon", sagte sie zu Bonamente.

„Warum?"

„Meins wird sicher abgehört."

Sie verschwand einige Minuten lang in Zimmer drei, bevor sie in den Salon zurückkehrte und die beiden Männer informierte, dass sie eine Person ihres Vertrauens angerufen habe, um sich einen Rat zu holen.

„Ich kann nicht klar denken, um zu begreifen, was gerade vor sich geht, und ihr könnt es noch weniger."

Eine halbe Stunde später hielt ein Taxi vor der Pension, aus dem ein Typ um die fünfzig in Jeans und Cowboystiefeln stieg.

Nanà küsste ihn flüchtig auf die Wange. „Ich habe dich gar nicht auf der Beerdigung gesehen."

„Nun, ich war dort, habe mich jedoch abseits gehalten."

Er stellte sich nicht vor, sondern setzte sich in einen der Sessel und bat um einen Aschenbecher. Signor Alfredo unterdrückte die Bemerkung, dass in seinem Haus Rauchverbot herrschte, um es nicht zu übertreiben, wo doch von dem Cowboy Hilfe erwartet wurde. Wer er war, das hatte Alfonsina bislang nicht verraten.

Der Mann war ein ehemaliger Klient von Tommaso und einer der wenigen Gäste, die sie regelmäßig bei sich empfangen hatten. Mit der Zeit waren sie Freunde geworden. Oft hatten Nanà und der Besucher bis in die Puppen im Wohnzimmer gesessen, Musik gehört und eine gute Flasche genossen.

Er war ein Privatdetektiv, der in der Grauzone zwischen Legalität und Illegalität operierte, jedenfalls laut Fontanas Meinung, und er hatte Alfonsina wieder auf die Beine geholfen und ihr ganz nebenbei die Poesie der Hochprozentigen nahegebracht, damit sie die harte Realität besser ertragen konnte.

Mit dem Resultat, dass sie ihn in ihr Bett einlud. Er lehnte ab.

„Warum?“, hatte sie gekränkt gefragt.

„Weil ich nicht der Richtige für dich bin.“

Damit hatte sich Alfonsina nie zufriedengegeben, und mittlerweile liebte sie ihn so sehr, dass sie jedes Mal vor Sehnsucht zitterte, wenn er ihr etwas über seine Destillate erzählte. Wie Tommaso war er zu einer Konstanten in ihrem Leben geworden. Sie wusste mit absoluter Sicherheit, dass er sie mochte und sie nie verraten würde.

Nach dem Tod des Anwalts war er zu ihr gekommen, in der Nacht, damit er nicht von lauernden Journalisten gesehen wurde, und hatte sie fest in seine Arme geschlossen.

„Was soll ich machen?“, hatte sie ihn unter Tränen gefragt.

„Nichts. Der Schein trügt, du stehst nicht im Zentrum der Ermittlungen, sondern ganz am Rand wie eines dieser hässlichen Mädchen, die immer neben der Tanzfläche stehen und nie von jemandem aufgefordert werden.“

Das war seine Art, sie aufzurichten, denn seine Worte waren wie Schmirgelpapier. Der seltene Rum, den er mitgebracht hatte, tat das Seine. Während sie zwei Gläser holte, hatte er eine CD ausgesucht. *Voices and Choices* von Shawn Lee's Ping

Pong Orchestra. Er mochte insbesondere ein Lied: *Kiss the Sky.*

Keep fighting till the end and past the end you will be strong
Too late to keep the world from dying this time
Too late to spread the love you shared

Natürlich hatte er ihr auch erklärt, was sie über den Rum wissen musste.

„Sein Name stammt vom englischen Wort *rumble* ab, was brodeln oder blubbern heißt“, hatte er ihr nach dem ersten Schluck erklärt. „Für seine Herstellung nimmt man Wasser und Rohrzucker aus den tropischen Anbaugebieten in Guatemala. Es gibt nichts Besseres auf der Welt, um die Narben der Abwesenheit zu heilen. Die Abwesenheit von Tommaso, der so viel für uns beide getan hat und sich von unserer Dankbarkeit jetzt nichts mehr kaufen kann. Der Tod wischt Kredite und Schulden beiseite. Das Leben ist ein einziger Betrug.“

Sie hatten auf den Anwalt angestoßen, voller Ergriffenheit und nachträglicher Dankbarkeit. Erst nach einer ganzen Weile hatte er die Kraft gefunden weiterzusprechen und sein Glas ins Licht gehoben.

„Schau dir die verschiedenen Rottöne an, von strahlendem Purpur bis Pflaume, mit Schattierungen und Reflexen von Safran und Bernstein, dazu Aromen von Tabak, Zigarre, Holz, verbranntem Zucker, Kaffee und dunkler Schokolade. Unverwechselbar auch die kaum merkliche Salznote, das angenehm Bittere der Lakritze, verbunden mit Spuren von Vanille, Eischaum und Mandeln.“

In jener Nacht hatte er einige Stunden auf dem Sofa geschlafen, bevor er bei Sonnenaufgang leise verschwunden war. Und jetzt saß er hier im Salon, um ihr erneut zu helfen.

Er zündete sich eine Zigarette an und goss sich ein Glas Gin ein. „Also, Alfonsina, was gibt's?"

Sie deutete mit dem Zeigefinger auf Signor Alfredo. „Er hat Tommaso umgebracht."

„Es war ein Unfall", verteidigte sich der Beschuldigte prompt.

„Halt den Mund und sprich nur, wenn du gefragt wirst", brachte ihn der unbekannte Helfer zum Schweigen und warf ihm einen drohenden Blick zu.

Damit kein Streit entbrannte, ergriff Nanà das Wort. Sie wusste, dass man präzise sein musste und nichts weglassen durfte, wenn man sich einem Menschen anvertraute, der einem helfen sollte. Sie begann damit, wie sie überhaupt hergekommen war in die Pension, um mit Bonamente für eine Stunde Sex zu haben, an einem Dienstag zwischen drei und vier, und berichtete weiter, dass das seit Jahren zu einer festen Gewohnheit geworden war.

Als Nächstes knöpfte der Cowboy sich Signor Alfredo vor. Er war alles andere als kooperativ, und es fiel ihm sichtlich schwer, sich einem Typ zu öffnen, den er nicht kannte und der ihm Furcht einflößte. Umso erstaunlicher war es, dass es dem Befrager gelang, alles aus ihm herauszuholen, was er wissen wollte und musste. Und zwar in einem Ton, der an eine Gerichtssitzung erinnerte.

„Der hier anwesende Transvestit müsste im Grunde für seine Tat bezahlen, aber zum Wohle aller ist es notwendig, dass er ungeschoren davonkommt. Wenn die Bullen ihm auf die Spur kommen, werden sie euch als Komplizen ansehen, selbst wenn der Schuldige gestehen und die ganze Verantwortung übernehmen würde. Niemand wird euch glauben, und ihr werdet für Mord lebenslänglich im Zuchthaus landen."

„Ich war zu der Zeit bei der Prozession", wehrte Bonamente sich.

„Außerdem haben er und ich kein Motiv", gab Alfonsina zu bedenken.

Ihr Cowboy wischte die Einwände mit einer Handbewegung beiseite, ohne darauf einzugehen, und zündete sich eine weitere Zigarette an.

„Die Mörderin von der Titelseite, der Pornodarsteller, dessen Karriere am Ende ist, und eine alte Transe ... Das klingt wie ein guter Witz. Jeder Journalist wird euch lieben, ihr seid die perfekte Besetzung für Prozesse, die sich über Jahre hinziehen und über die es sich trefflich berichten lässt. Die Öffentlichkeit wird euch gleich am ersten Tag schuldig sprechen. Damit das Ganze nämlich in aller Munde bleibt, muss es einen spektakulären Prozess geben. In dieser grausamen Gesellschaft werdet ihr die Lieferanten für eine unendliche Folge an Sprüchen und Fotomontagen sein, kommentiert mit unzähligen grinsenden Emoticons."

Bonamente verstand offenbar kaum etwas von dem, was der Unbekannte da erzählte, und starrte ihn mit offenem Mund an. Signor Alfredo dagegen war cleverer und hatte sofort kapiert, um was es ging.

„Was sollen wir machen?", fragte er ernst.

„Zunächst einmal müssen alle Spuren am Auto verschwinden, darum kümmere ich mich. Und ihr dürft euch auf keinen

Fall mehr treffen. Mit anderen Worten: Es darf keinerlei Verbindung zwischen euch erkennbar werden."

„Die Polizei hat nichts in der Hand, sonst hätten sie hier in der Pension längst alles auf den Kopf gestellt", gab Nanà zu bedenken.

„Um das völlig auszuschließen, ist es noch zu früh. Zum Glück ist Commissario Pagano ein vernünftiger Mann, der dem Druck der sozialen Medien und der Presse nicht unbedingt nachgibt, sondern gerne seinen eigenen Weg geht. Und dem Transvestiten traue ich zu, dass er einem Verhör standhält. Dein Problem ist der Gigolo, er bricht zusammen, sobald er einen Fuß ins Präsidium setzt. Nach ein paar Minuten wird er ihnen alles erzählen."

Bonamente, der das Gefühl hatte, als würde ihn jemand ohrfeigen, brach mal wieder in Tränen aus.

„Noch schlimmer als gedacht." Der Unbekannte schüttelte den Kopf. „Geh nach Hause, Alfonsina. Ich werde mich hier mit dem Alten um die Details kümmern."

„Kein Grund, mich zu beleidigen", ereiferte sich Signor Alfredo, der wieder etwas Oberwasser bekam.

„Halt die Klappe. Du hast einen guten Freund von mir umgebracht, und ich muss dir dabei helfen, deinen Schädel aus der Schlinge zu ziehen."

Melodramatisch trat Bonamente in diesem Augenblick auf Nanà zu und sagte: „Ich will dich nicht verlieren."

Seine Dienstagsfrau schoss herum. „Hör auf, so pathetisch zu sein. Wir stehen mit einem Fuß im Knast, und du gibst so einen Schwachsinn von dir."

„Das darf nicht das Ende sein."

„Leider ist es das. Du bist nichts als ein mickriger Gigolo, der mit einer verrückten Transe zusammenlebt, die Spaß daran hat, Leute umzubringen."

Pietro Maria Belli setzte seine Tour durch das Viertel fort. Nach und nach hatte er einige interessante Informationen über den Inhaber der Pension gesammelt. Der Gemüsehändler hatte das Lisbona als früher ruhigen Treffpunkt von Homosexuellen bezeichnet und klargestellt, dass es dort nie irgendwelche Probleme gegeben hatte.

Zu fragen, ob Alfonsina Malacrida auch dort gesehen wurde, darauf verzichtete er. Er hielt es für besser, erst noch ein paar Informationen im Hintergrund zu sammeln, bevor er aufdeckte, dass sie dort durchaus ein und aus gegangen war. Und in seinen Augen verdiente die Hure keine Gnade, das würde er allen klarmachen.

Kaum hatte er Position vor der Pension bezogen, verließ sie das Haus. Da sein Interesse momentan mehr dem Besitzer galt, verfolgte er sie nicht. Etwa zwanzig Minuten später kam Alfredo Guastini heraus, zusammen mit einem Mann, der sofort sein Interesse weckte. An den Namen erinnerte er sich nicht, war sich allerdings sicher, ihn vor einigen Jahren vor Gericht gesehen zu haben. Wahrscheinlich irgendein kleiner Gauner, über den er mal berichtet hatte. Die Schwuchtel bewegte sich also in einem höchst verdächtigen Milieu, freute er sich.

Belli folgte ihnen bis zu einer Garage, aus der kurze Zeit später ein Wagen herausfuhr, an dessen Steuer der Unbekannte saß. Das Auto hatte eine deutlich sichtbare Delle in der Stoßstange.

Zufrieden grinsend notierte er sich das Nummernschild. Für diesen Tag konnte er Schluss machen. Das Befragen der Anwohner war anstrengend gewesen, und er war nicht mehr der Jüngste.

Er rief seine Frau an. „Ich komme jetzt nach Hause. Du musst übrigens nicht kochen."

„Gehen wir essen?"

Der Journalist wusste, dass er einen taktischen Fehler gemacht hatte. Seine Euphorie hatte ihn vergessen lassen, dass ein Essen zu zweit immer voraussetzte, dass man über etwas Wichtiges zu sprechen hatte, und das war bei ihm absolut nicht der Fall. Seine Frau würde ihn neugierig befragen und mit ihm über die üblichen Themen reden wie Canasta- oder Bridgerunden, über Krankengymnastik ... Danach stand ihm wirklich nicht der Sinn.

„Nein, nein", ruderte er zurück. „Ich bin mit zwei ehemaligen Kollegen verabredet."

Während sich der Journalist mit den Kollateralschäden einer langen, langweiligen Beziehung auseinandersetzte, schloss Signor Alfredo die Garage ab und ging zur Pension zurück. Irgendwann fiel ihm ein, dass heute ein neuer Band seiner Lieblingsromanreihe herauskam. Ohne ein paar Seiten dieser romantischen Geschichte zu lesen, würde er nicht schlafen können. Also ging er beim Kiosk vorbei in der Hoffnung, dass er noch nicht geschlossen hatte.

„Pietro Maria Belli hat nach dir gefragt", informierte ihn der Besitzer. „Er hat mir ein Foto von dir gezeigt und mich gefragt, ob ich dich kenne. Er meinte, er wolle ein Interview mit dir machen."

Guastini gefror das Blut in den Adern. „Und wer ist dieser Belli?"

„Ein Gerichtsreporter, der inzwischen in Rente ist. Als er noch aktiv war, hat er alle wichtigen Prozesse verfolgt. Ich habe ihm lieber mal gesagt, dass ich dich nicht kenne", sagte er und reichte ihm Bellis Visitenkarte „Hier ist seine Nummer, falls du dich mit ihm treffen willst."

„Du hast von einem Foto gesprochen, was meinst du damit?"

„Er hat es mir gezeigt zusammen mit vielen anderen Bildern von dunkel gekleideten Männern. Es sah aus wie eine Beerdigung", antwortete der Kioskbesitzer und lachte.

In dem Augenblick, als Signor Alfredo begriff, dass sie bei der Trauerfeier aufgenommen worden waren, fühlte er sich restlos verloren. Schleppend kehrte er in die Pension zurück, zog sich um und dachte darüber nach, ob er mit Bonamente über die Angelegenheit sprechen sollte. Bloß war der so sensibel, dass er heute bestimmt keinen Schlag mehr verkraftete, ohne womöglich einen erneuten Schlaganfall zu kriegen. An wen sollte er sich sonst wenden? An den geheimnisvollen Freund der Dienstagsfrau? Aber den konnte er nicht erreichen.

„Doch, kann ich sehr wohl", rief er plötzlich aus.

Ihm fiel ein, dass Nanà sich das Telefon ihres Gigolos hatte geben lassen, um ihn anzurufen.

Im Salon fand er seinen Mieter vor dem ausgeschalteten Fernseher sitzen.

„Ich brauche dein Handy", sagte er.

„Was habt ihr heute alle mit meinem Handy?", erhielt er mürrisch zur Antwort.

Signor Alfredo, der ihn gut und lange kannte, setzte sich neben ihn. „Dieser Typ hat dich verletzt, oder?"

„Er hält mich für einen Feigling."

„Nein, er hat ganz richtig gesagt, dass du nicht unbedingt der ideale Kandidat für ein polizeiliches Verhör bist."

„Möglich. Trotzdem mag ich es nicht, wenn man mir so was vor den Latz knallt. Besonders nicht vor der Frau, die ich liebe."

„Da hast du natürlich recht. Mich hat er Alter genannt, doch ich rege mich nicht über ihn auf. Dieser Typ ist an einen rauen Ton gewöhnt, das sieht man gleich."

Bonamente nickte seufzend und reichte sein Handy herüber. „Meine Dienstagsfrau hat mich für immer verlassen, sie hat gesagt, ich sei ein mickriger Gigolo, der mit einer verrückten Transe zusammenlebt. Stellen Sie sich das einmal vor."

Sein Vermieter nickte mitfühlend und wählte die Nummer. Der Unbekannte antwortete nach dem fünften Klingeln.

„Ja bitte?"

„Guastini hier."

„Was willst du noch?"

„Ich bin aufgeflogen. Ein Journalist ist hier im Viertel unterwegs gewesen und hat ein Foto von mir herumgezeigt, das er bei der Beerdigung des Anwalts gemacht hat."

„Ich glaub's nicht! Du warst bei der Beerdigung deines Opfers? Das ist ja wie im Film. Cesare Lombroso, dieser geniale Gerichtsmediziner aus dem 19. Jahrhundert, der Verbrecher anhand von äußeren Merkmalen typisiert hat, wäre begeistert gewesen", erwiderte sein Gesprächspartner voller Sarkasmus. „Wer ist dieser Journalist?"

„Pietro Maria Belli."

„Bist du dir sicher?"

„Ich habe seine Visitenkarte vor mir."

„Das ist ein echtes Stück Scheiße."

Am anderen Ende der Leitung war das Klicken eines Feuerzeugs zu hören. Sein namenloser Gesprächspartner ließ sich offenbar Zeit.

„Wenn er mit deinem Foto unterwegs ist, heißt das vermutlich, dass die Barbesitzerin dich schon identifiziert hat", sagte er nach einer Weile. „Wobei ich nicht glaube, dass Belli bereits mit der Polizei gesprochen hat, sonst hätte man dich inzwischen festgenommen. Du musst den Pornodarsteller von der Bildfläche verschwinden lassen. Schick ihn in die Ferien oder sonst wohin, er muss so lange verschwinden, bis wir wissen, was dieser Belli vorhat."

„Und was mache ich?"

„Du denkst dir irgendeine wilde Geschichte aus, warum du in der Bar nach Fontana gefragt hast, dann rufst du den Journalisten an und fragst ihn, was er von dir will. Zeig dich kooperativ."

„Ich weiß nicht, ob ich ein so guter Schauspieler bin."

„Beweis mal, dass du Eier unter dem Rock hast. Wenn du Schwierigkeiten machst, wird dich Alfonsina dafür teuer bezahlen lassen."

Ohne Abschiedsgruß wurde der Hörer aufgelegt, und Alfredo Guastini blieb sich selbst überlassen.

In einem anderen Viertel der Stadt warf der unbekannte Gesprächspartner verärgert den Zigarettenstummel zu Boden und stapfte in die Autowerkstatt zurück.

Der Inhaber war ein Krimineller der alten Garde, der sofort gewusst hatte, dass er das Tatfahrzeug vom Fontana-Mord in der Garage hatte, und das beabsichtigte er auszunutzen. Sofort hatte er deutlich gemacht, dass ihm die Angelegenheit missfiel und er wenigstens entsprechend bezahlt werden wollte. Hier ging es schlicht ums Prinzip.

„Zehntausend plus die Reparatur", wiederholte er zum x-ten Mal.

„Ich kann ihn genauso gut in die Schrottpresse bringen und bin für zweitausend alle Sorgen los, weil der Wagen in ein Kotelett verwandelt wird."

„Na ja, zu mir bist du offenbar gekommen, damit der Wagen wieder hübsch sauber aussieht und als Entlastungsbeweis dienen kann."

„Fünftausend."

Der Mechaniker winkte ab. „Und was hat die Malacrida eigentlich mit der Sache zu tun? Schläfst du mit ihr? Bevor Fontana sich von dieser Nutte den Kopf verdrehen ließ, hat er viele Freunde von mir verteidigt."

„Nanà hat nichts damit zu tun. Es besteht lediglich eine Verbindung zum Besitzer der Pension, und du weißt ja, wie die Bullen sind. Die zählen gerne eins und eins zusammen."

„Bist du dir wirklich und wahrhaftig sicher, dass sie nichts damit zu tun hat?"

„Du traust mir nicht? Nach all den Jahren?"

„Du kannst ihn morgen abholen, für dreitausend."

Der Cowboy verließ die Werkstatt und rief sich ein Taxi. Auf den Mechaniker konnte er sich verlassen, die Sache war ein für alle Mal geklärt. Das Problem war, dass die Geschichte in den Händen der falschen Leute lag. Jeder für sich war eine Katastrophe, zusammen waren sie eine echte Tragödie. Genau wie der Verlust von Tommaso eine Tragödie war. Als er noch Anwalt gewesen war, hatte er ihm den Arsch gerettet und ihm einen Job verschafft: Er war der gewesen, der die Dinge immer wieder in Ordnung gebracht hatte.

Dem Taxifahrer nannte er den Namen einer Osteria im Stadtzentrum. Er würde am Tresen essen, ein Glas Wein, das Tagesgericht. Und er würde genau hinhören. Das Lokal wurde von Gästen aus allen Schichten besucht, und er wusste, welche Informationen nützlich und welche nichts als Geschwätz waren.

Er blieb bis zum Schluss und ging dann zu Nanàs Wohnung. Eine spontane Entscheidung, er musste sie wiedersehen, selbst wenn es gefährlich war.

„Ist etwas passiert?“, fragte sie beunruhigt.

„Nein, ich wollte mit dir noch einmal unter vier Augen sprechen.“

Sie lächelte ihn warm an. „Unter vier Augen. Das sagt heute keiner mehr, du bist wirklich alt geworden.“

Er wählte die Musik und etwas zu trinken. Alfonsina saß zusammengekauert auf ihrem Lieblingssessel und beobachtete seine ruhigen Bewegungen.

„Wir müssen zusätzlich eine andere Möglichkeit in Erwägung ziehen“, sagte er und wühlte in seiner Jackentasche nach einem Feuerzeug.

„Flucht?“

„Jedenfalls musst du dich so lange verstecken, bis wir uns sicher sein können, dass du nicht unter Anklage gestellt wirst.

Du hast Guastini nicht angezeigt, sodass man dich durchaus für seine Komplizin halten kann."

„Ich hatte keine Lust, überhaupt mit der Sache in Berührung zu kommen, und das wäre ich auf alle Fälle, wenn ich ihn angezeigt hätte." Sie nahm einen Schluck. „Egal, deshalb bist du ohnehin nicht hier. Worum geht es dir?"

Er breitete die Arme aus und gab sich geschlagen. „Es geht um den Gigolo. Ich verstehe einfach nicht, warum du dich seit so langer Zeit immer mit dem gleichen Mann triffst."

„Ich glaube nicht, dass mein Sexualleben so wichtig ist, bestimmt nicht gerade jetzt", antwortete sie verärgert, „es sei denn, du vermutest eine Intrige oder bist plötzlich eifersüchtig."

„Red keinen Unsinn. Ich gehe regelmäßig mit Professionellen ins Bett. Vorzugsweise immer mit einer anderen, vielleicht zweimal, allerhöchstens zehnmal mit derselben. Spätestens dann suche ich mir eine andere, denn irgendwann ändern sich die Vorzeichen und ich will auf keinen Fall das Risiko eingehen, dass das in einer Beziehung enden könnte."

„Worauf willst du eigentlich hinaus?"

„Ich möchte diese Geschichte jeden Dienstag von drei bis vier verstehen. Die finde ich total merkwürdig. Und dabei sollte ich an Merkwürdigkeiten gewöhnt sein."

„Du willst also wissen, ob es da ein Problem gibt und ich Hilfe brauche?"

„Ganz genau."

„Nun, ich habe keine echte Beziehung mit Bonamente, wenngleich er mich liebt und du das denkst."

„Schwer zu glauben."

„Er ist ein liebenswerter Mensch, und ich mag ihn. Ohne je etwas Ernstes mit ihm anzufangen."

„Vielleicht hast du das längst und weißt es einfach noch nicht."

Seine Stimme war kühl, er provozierte sie, und sie tat ihm den Gefallen, darauf einzugehen.

„Weißt du, warum ich nie mit ihm zusammen sein werde? Weil ich ausschließlich an dich denke. Wenn ich mit ihm schlafe, stelle ich mir vor, mit dir im Bett zu sein und deinen Schwanz in mir zu spüren."

„Deine erotischen Fantasien interessieren mich nicht", gab er grob zurück.

Ihre Augen funkelten ihn spöttisch an, sie kannte ihn gut genug. „Tu nicht so, als ob du das peinlich fändest. Im Übrigen kann ich mich aufgeilen, an wem ich will. Ich habe dich gewollt, und du hast mich zurückgewiesen. Heute bin ich dir dankbar dafür, eine Beziehung mit dir hätte mich von Tommaso entfernt. Und ihn brauchte ich mehr als jeden anderen."

„All das erklärt nicht, warum du dich jeden Dienstag immer mit demselben Gigolo triffst."

„Hör endlich auf, wie ein verdammter Macho zu denken. Das Problem war nicht Bonamente, sondern Tommaso. Ich war fest davon überzeugt, dass mich niemand als Partnerin, als Verlobte oder Ehefrau haben wollte, vielleicht wäre er gerne zu seiner Frau zurückgekehrt, aber weil mir der Mut zum Alleinsein fehlte, kam es nicht dazu. Jetzt ist er tot, und ich bin schuld."

„Tommaso wäre sein schlechtes Gewissen niemals losgeworden. Und alles wegen mir."

„Das verstehe ich nicht."

„Ich habe den Mörder deines Monsters gefunden."

„Das wusste ich nicht."

„Es gibt viele Details in dieser Geschichte, über die ich nicht mit dir sprechen mag. Bitte glaube mir, dass du für die Entscheidungen und das Schicksal von Tommaso Fontana in keiner Weise verantwortlich bist. Das Leben ist ein einziger Betrug."

„Diesen Satz habe ich ziemlich oft von dir gehört."

„Darum habe ich ihn mir sogar tätowieren lassen", er deutete auf seine Brust, „er ist die einzige Weisheit, die ich weiterzugeben habe."

„Jetzt, wo er tot ist, hätte ich eigentlich jedes Recht, die Gründe zu erfahren, warum er mich nicht vor Gericht von meiner Schuld reingewaschen hat."

„Als Anwalt darfst du nicht alles offenlegen, was dir ein Klient anvertraut. Das muss dir reichen. Tommaso konnte nicht mehr tun."

„Es ist nicht leicht, dieses Schweigen zu akzeptieren. Ich habe so sehr gelitten und würde wenigstens gerne eine Erklärung bekommen."

„Das mag in deiner Märchenwelt funktionieren. In der Realität dagegen kriegen es immer die Schwächsten ab."

Die junge Frau verzog die Lippen zu einem bitteren Lächeln. „Verschwinde, ich bin müde."

Er küsste sie auf die Wange. „Denk dran, ich bin immer für dich da."

Als er weg war, dachte sie an Bonamente, der ihr mit unendlicher Traurigkeit Lebewohl gesagt hatte. Selbst nachdem er alles über ihre wahre Identität und ihre Vergangenheit erfahren hatte, war sie in seinen Augen nicht herabgesunken. Vielleicht hätte sie ihm in all den Jahren mehr Respekt entgegenbringen sollen – jetzt war es zu spät.

Der Mann, der soeben ihre Wohnung verlassen hatte und auf den Aufzug wartete, dachte ebenfalls über ihre schwierigen Beziehungen nach. Vor allem fragte er sich, warum er dieses Mal erneut die Gelegenheit verpasst hatte, ihr die Wahrheit zu sagen. Er war kurz davor gewesen. Gerade noch rechtzeitig hatte er eingesehen, dass es nicht klug wäre, weil es die Absprachen in Gefahr bringen könnte, die nach langen Verhandlungen vereinbart worden waren.

Ihr Vater hatte sie an wohlhabende Männer verkauft. Die Mutter war vor Jahren an Krebs gestorben, und es war niemand mehr da gewesen, der sie beschützte. Ausgeliefert einem Wesen, das jede Menschlichkeit verloren hatte.

Sie war ein wunderschönes Geschöpf gewesen, war es immer noch, obwohl die Jahre und die Leiden der Vergangenheit Spuren hinterlassen hatten. Ein reicher Kunde, ein gewisser Silvano Roca, ein perverser alter Mann, hatte sie irgendwann ganz für sich haben wollen und damit die Weichen für ihr Schicksal gestellt. Patriarch einer Dynastie von Kaufleuten, die ihr Geld mit dem Schmuggel von Erdgas und Erdöl aus einer libyschen Raffinerie verdienten, war er für seine Skrupellosigkeit bekannt. Er hatte eine ganze Reihe von Freunden über den Tisch gezogen, die ihm Rache geschworen hatten. Als er es mal wieder übertrieben hatte, war er von der Konkurrenz ausgeschaltet worden. Von einem schmierigen Kleinkriminellen, der sich in Nachtlokalen als Auftragskiller ausgegeben hatte und ihn mit mehreren Stichen tötete.

Als Rocas Leichnam in der kleinen Wohnung gefunden wurde, die er ausschließlich für seine Treffen mit Alfonsina benutzte hatte, hatten die Ermittler sie sofort verdächtigt. Um nicht selbst in die Sache hineingezogen zu werden, hatte der Vater das Alibi der Tochter nicht bestätigt und war nicht einmal beim Prozess von seiner Aussage abgewichen. Ein Meineid, für den man ihn großzügig bezahlt hatte.

Tommaso Fontana war eher unfreiwillig in die Geschichte hineingeraten. Er war keiner dieser Anwälte, die jedermann verteidigten, besonders nicht, wenn klar war, dass er Scheiße am Schuh kleben hatte.

Als ein Klient, den er wegen einiger kleinerer Delikte vor Gericht vertrat, ihm anvertraute, dass er der Mörder von Silvano Roca sei, hatte Fontana ihn gebeten, vorerst zu schweigen, bis er sich näher mit der Sache beschäftigt hatte. Ein Fehler, denn als er schließlich ein offizielles Geständnis von dem Killer forderte, hatte der ihn ausgelacht. Er habe sich wichtigmachen wollen, mehr nicht. Zwar hatte er nicht daran gedacht, Fontana die Schilderung des Mordes, die er ihm zu Protokoll gegeben hatte, wieder abzunehmen, nur fiel das unter die Schweigepflicht des Anwalts.

Und genau damit war Fontana nicht klargekommen. Er konnte nicht mit dem Gedanken leben, dass eine unschuldige junge Frau eines grässlichen Verbrechens angeklagt und verurteilt worden war. Dass das Gericht die Strafe irgendwann ausgesetzt hatte, änderte nichts daran, dass Nanà weiterhin als Schuldige galt und Gefahr lief, irgendwann wieder ins

Gefängnis zu müssen. Da ihm selbst die Hände gebunden waren, hatte er sich an den Mann mit den Cowboystiefeln gewandt, der ihm seine Freiheit verdankte.

Er akzeptierte die Aufgabe, ohne nachzufragen, und fand schnell die Wahrheit heraus. Die polizeiliche Ermittlung war so oberflächlich geführt worden, dass es schon reichte, die Akten aufmerksam zu lesen, um die Spur zu den wahren Tätern zu finden. Doch als er die ermittelt hatte, kamen die Drohungen. Nicht an ihn, sondern direkt an Fontana gerichtet.

Der Anwalt hatte nämlich den Fehler gemacht, mit zwei Richtern vertraulich über die Sache zu sprechen. Die beiden, politisch eher links und echte Demokraten, hatten mit einigen angeblich vertrauenswürdigen Mitarbeitern gesprochen. Mit dem Erfolg, dass ein paar Wochen später zwei bewaffnete Männer Fontana gezwungen hatten, in ein Auto zu steigen, um einen „Ausflug" zu machen. Bei dieser Gelegenheit war ihm gedroht worden, dass seine Familie getötet werde, falls er die Finger nicht von der Sache ließe. Und die beiden Männer, die das gesagt hatten, waren keine Kleinkriminellen gewesen, sondern kamen aus einer ganz anderen Liga, vermutlich von ganz weit von oben.

Damals war der Diktator Gaddafi noch am Leben gewesen, und das Geschäft mit dem Öl aus Libyen, das in den italienischen Häfen anlandete, lag in den Händen von großen Organisationen, die nach außen hin weiße Westen und saubere Hände zeigten und keine lästigen Untersuchungen wollten, zumal man ja eine kleine Prostituierte bereits als Mörderin hatte.

Der Mann mit den Cowboystiefeln hatte sofort gewusst, an wen er sich wenden musste, um die Angelegenheit wieder in

Ordnung zu bringen, und hatte die richtigen Leute davon überzeugt, dass die Sache niemals ans Tageslicht kommen werde.

Deshalb war Nanà nicht völlig rehabilitiert worden, und ein ehrlicher Anwalt wie Fontana war gezwungen gewesen, sich einer Erpressung zu beugen, und hatte Nanà nicht vom Vorwurf, eine Mörderin zu sein, befreien können. Das Einzige, was er tun konnte, bestand darin, die Kollateralschäden so klein wie möglich zu halten. Die Ungerechtigkeit, die hinter allem steckte, lag bereits in der Gesellschaft begründet.

Der Cowboy war nicht von solchen Skrupeln geplagt worden wie der Anwalt. Er hatte keine Sekunde gezögert, seinen Arsch zu retten. Und er bereute es, sich in die junge Frau verliebt zu haben, der das Schicksal so übel mitgespielt hatte, das setzte ihm nach wie vor zu, selbst wenn er es nicht zugab. So war es nun mal, und Alfonsina Malacrida musste sich damit zufriedengeben, noch mal davongekommen zu sein.

Er betrat eine Tabledance-Bar, bestellte etwas zu trinken und begutachtete, was die Nacht so zu bieten hatte. Er entdeckte eine völlig erschöpfte Dominikanerin, die etwa Mitte dreißig war. Für einen vernünftigen Preis würde sie den Rest der Nacht mit ihm verbringen.

Sie gingen in ein billiges Hotel in der Nähe. Seit Jahren war er hier Stammgast, immer wenn seine Nächte unerträglich wurden, kam er hierher. Er fragte, ob Zimmer achtzehn frei sei, das schäbigste von allen, aus dessen Fenster man auf eine Betonwand schaute.

Während er das Präservativ überstreifte, teilte er der Frau mit, dass er sie Nanà nennen werde.

5.

Bonamente wollte nicht gehen.

„Wo soll ich denn hin?", jammerte er und war mal wieder den Tränen nahe.

Signor Alfredo versuchte es auf der Gefühlsebene. „Tu es für deine Dienstagsfrau. Oder willst du für ihre Verhaftung verantwortlich sein?"

„Natürlich nicht. Aber ich weiß wirklich nicht, wo ich hingehen soll, ich kenne schließlich niemanden, und außerdem haben wir Herbst."

„Ich hab's. Ein Kurbad. Du fährst nach Bagni di Triponzo bei Spoleto in Umbrien. Auf meine Kosten natürlich", fügte sein Vermieter hinzu, bevor der traurige Gigolo widersprechen konnte, er würde ihm gleich ein schönes Hotel und ein Bahnticket buchen.

Alles noch für den heutigen Tag. Und nachdem das geklärt war und Bonamente sich unwillig in sein Zimmer begeben hatte, um seine Sachen zu packen, während er sich fragte, welche Kleidung er in einem Thermalbad wohl brauchen würde, buchte Guastini ein Hotel, einige Anwendungen und den Zug. Als klar war, dass sein einziger Gast noch vor dem Mittagessen das Haus verlassen würde, nahm er all seinen Mut zusammen und rief Belli an.

„Guten Tag, hier ist Alfredo Guastini, man hat mir gesagt, Sie suchen nach mir?"

„Von wem wissen Sie das?", wollte die Stimme am anderen Ende der Leitung wissen.

Der Journalist hatte ihn nicht einmal begrüßt, sondern gleich nachgehakt, er verhielt sich also wie ein Polizist und wollte sofort klarstellen, wer der Chef im Ring war. So leicht wollte der alte Transvestit es ihm nun auch wieder nicht machen.

„Warum ist das wichtig?", antwortete er mit einer Gegenfrage.

„Es war der Kioskbesitzer. Zwar hat er behauptet, dass er Sie nicht kennt, doch ich habe ihm nicht geglaubt. Ist er Ihr Freund?"

„Was wollen Sie von mir, Belli?"

„Doktor Belli, bitte, ich habe einen Abschluss in Literaturwissenschaften und Philosophie."

„Das ändert nichts an meiner Frage."

„Ich möchte ein Interview mit Ihnen machen."

„Warum?"

„Kommen Sie, das wissen Sie ganz genau. Ich verfüge über Beweise, die Sie mit dem Fall Tommaso Fontana in Verbindung bringen, und möchte Ihnen die Chance geben, der Öffentlichkeit Ihre Version zu präsentieren, bevor ich meine Ermittlungen an die Staatsanwaltschaft übergebe."

Signor Alfredo seufzte.

„Passt Ihnen morgen um vier?"

„Wo?"

„In der Pension Lisbona, wo sonst?"

Pietro Maria Belli war etwas zu früh dran. Er erkannte den Besitzer trotz Make-up und aschblonder Lockenperücke sofort. Fast wäre er angesichts dieses lächerlichen Aufzugs in lautes Lachen ausgebrochen und hätte damit vermutlich sein Interview vergessen können – zum Glück war er Profi genug, um diesen Fehler nicht zu machen.

„Tu so, als würdest du jeden ernst nehmen, wenn du ihn für einen guten Artikel brauchst", war die erste Lektion des alten Reporters gewesen, bei dem er sein Handwerk gelernt hatte.

Als Alfredo Guastini sich hinter dem massiven Schreibtisch, der als Rezeption diente, erhob, fielen seinem Besucher fast die Augen aus dem Kopf. Der Mann trug einen kaum knielangen Rock, blickdichte Strumpfhosen und weiche Lederpantoffeln, die mit Strass und Federn besetzt waren. Zufrieden mit seinem bizarren Auftritt, ging er als bunter Hund voran in den Salon.

Belli nahm auf dem Sofa Platz und nahm sein Gegenüber förmlich unter die Lupe. Ein alter Journalistentrick, um später eine detailgetreue Beschreibung geben zu können und um sofort klarzumachen, wer hier den Ton angab. Was hier im Grunde von vornherein feststand. „Die gestellten Fragen müssen klar und präzise sein", hatte sein Mentor immer gesagt, „der Befragte kann antworten, aber auch schweigen oder ausweichend antworten. Alles kann und muss im Artikel erwähnt werden."

Aber das war hier sicher nicht der Fall. Guastini konnte es sich gar nicht leisten, nicht zu antworten, was Belli sichtlich genoss.

Die Blicke des Journalisten wanderten von der Perücke über das Make-up, das die Falten und die dünnen Lippen deutlich hervortreten ließ, weiter zum Büstenhalter, der unter der Seidenbluse hervorblitzte. Als er genug hatte, zog er seinen Block und einen Stift aus der Jackentasche und begann sich langsam und sorgfältig Notizen zu machen.

„Darf ich Ihnen etwas anbieten?", fragte der Hausherr, um die peinliche Stille zu durchbrechen. „Ich habe gerade einen Ingwertee gekocht."

„Eigentlich trinke ich lieber Kaffee", murmelte Belli, der Tee höchstens trank, wenn er krank war und seine Frau ihm etwas davon aufdrängte. „Danke, ich trinke gerne einen Schluck", gab er dennoch nach, weil er das für psychologisch sinnvoll hielt.

Er beobachtete Signor Alfredo, wie er aufstand, wie er sich bewegte, und musste widerwillig zugeben, dass er durchaus anmutig wirkte. Genau so würde er seinen Lesern die charmante Obszönität eines alternden Transvestiten schildern. Natürlich hatte er nichts gegen Schwule, jeder konnte ins Bett gehen, mit wem er wollte, aber seine Andersartigkeit so offen zur Schau zu stellen, musste das tatsächlich sein? Er fand es geschmacklos.

Kurz darauf kam sein Interviewpartner mit einem Silbertablett zurück, auf dem zwei Tassen, Zucker und ein Obstkuchen standen.

„Mit Sauerkirschen, ich habe ihn heute Morgen gebacken, hoffentlich schmeckt er Ihnen."

„Das ist wirklich sehr freundlich", sagte Belli rasch und hoffte, dass er tatsächlich gut war und er damit die Ingwerbrühe besser herunterbekam. „Essen Sie etwa nichts davon?"

„Leider nein, in meinem Alter ist Zucker reines Gift", erklärte Signor Alfredo und reichte dem Journalisten eine weiße Tasse.

Er selbst hatte eine andere. Seine war grün und trug in schwarzen Lettern die Aufschrift PENSION LISBONA.

„Es ist die letzte aus dem Service, die ich noch habe, und als sentimentale Person weiß ich wirklich nicht, was ich mache, wenn diese auch noch kaputtgeht. Leider Gottes ist das nun mal das Schicksal von empfindlichen Dingen."

Pietro Maria Belli notierte sich diesen Satz und süßte seinen Tee mit zwei Löffeln Zucker, probierte und nahm einen dritten. Der Ingwer war scharf und brannte auf der Zunge.

Er schwieg eine Weile und dachte darüber nach, wie er das Gespräch beginnen sollte. Das Beste war, mit allgemeinen Fragen anzufangen, die sich später vertiefen ließen. Eine solche Geschichte durfte gut und gerne vier Seiten lang sein.

„Ich habe mich bei einem Bekannten, der Polizist ist, ein wenig über Ihre Vergangenheit erkundigt. Sie sind seit genau siebenundzwanzig Jahren in der Stadt, haben keinerlei Vorstrafen, indes einen Eintrag wegen Homosexualität." Belli setzte ein falsches Lächeln auf und fügte hinzu: „Damals war das ja bekanntermaßen noch illegal. Stimmt es eigentlich, dass Sie lange in Lissabon gelebt haben?"

„Ja."

„Und was hat Sie nach Portugal verschlagen?"

„Ich war auf der Flucht. Erst Frankreich, dann Spanien und schließlich Portugal."

„Und wovor sind Sie geflohen?"

„Vor meiner Familie, meiner Heimat. In diesen Jahren war es in Italien ausgesprochen schwierig, als Transvestit zu leben, man hat mich mit Steinen beworfen, und die Frömmler haben sich bekreuzigt. Selbst heute ist es nicht besonders leicht."

„Haben Sie sich von Anfang an als Frau gefühlt? Wollten Sie eventuell Ihr Geschlecht wechseln oder nicht? Erzählen Sie mir doch ein bisschen mehr darüber."

Signor Alfredo seufzte. „Wagen Sie sich besser an nichts heran, was Sie ohnehin nicht verstehen können."

„Und in Portugal war die Situation einfacher für Sie?", bohrte der Journalist nach.

„Nein. Außer du hast als Prostituierte in einem klar abgegrenzten Viertel gearbeitet, dann hat niemand weiter darauf geachtet. Abgesehen von der Sitte natürlich."

Das Gesicht des Journalisten hellte sich auf. Die alte Tunte war auf den Strich gegangen, das brachte ihm mindestens dreißig Zeilen.

„Können Sie mir vielleicht etwas mehr über diese Erfahrung erzählen?"

„Gerne", erwiderte Signor Alfredo, der offenbar die Aufmerksamkeit des Journalisten genoss, der nach einer Story gierte.

Dass er letztlich zu diesem Interview erpresst worden war, ließ er sich nicht anmerken. Der Journalist saß in seinem Salon, trank seinen Tee und aß seinen Kuchen. Die Szene gefiel ihm.

„Alle nannten mich die Italienerin", fuhr er fort. „Ich hatte immer ein Rasiermesser in der Tasche, weil Typen, die deinen Schwanz, deinen Arsch und deinen Mund wollen, nicht zu trauen ist. Auf der Straße funktioniert das immer so: Du verkaufst deinen Körper, aber sie wollen alles. Und sie nehmen es sich mit Geld, mit Betrug und mit Gewalt. Die Jahre vergingen in der tückischen Langsamkeit der Nacht, und jedes Mal, wenn ich die Typen sah, die ihren Beruf an den Nagel gehängt hatten, in der Bar saßen und ihre letzten Kröten zusammenkratzten, um noch etwas zu trinken, weil sie ihr ganzes Geld irgendeinem Mann anvertraut hatten, der mit der Kohle abgehauen war, glaubte ich meine eigene Zukunft vor mir zu sehen. Das lief immer so ab. *Ich werde dich nie vergessen, mein Kind*, sagten sie, logen das Blaue vom Himmel herunter, und bei der erstbesten Gelegenheit packten sie die Koffer und verschwanden, um sich eine Jüngere zu nehmen. Mein Herz ist so viele Male gebrochen worden, dass man mich irgendwann die Italienerin mit den verrückten Liebesgeschichten nannte. Und die verrückteste Geschichte hatte ich mit einem gut aussehenden Mann, der nicht mein Geld wollte, sondern sich vielmehr Geld mit einer Pistole aus der Bank holte und mich zu seiner Komplizin machte. Als schöne junge Frau musste ich das Geld und die Waffen nach dem Überfall in Sicherheit bringen. Damit kam mein großer Coup, von dem alle Kriminellen träumen. Ich habe die Tasche nicht zum Treffpunkt gebracht, die Waffen entsorgt, habe meine Männerkleidung angezogen und bin in das nächste Flugzeug nach Italien gestiegen, das Ticket hatte ich bereits in der Tasche."

„Und mit dem Geld haben Sie die Pension gekauft?"

„Ja, und ich nannte sie Lisbona, um mich immer an meinen Betrug zu erinnern."

Belli fragte noch nach ein paar Details, um das Kapitel Portugal abzuschließen und endlich zu dem Thema zu kommen, das ihn hauptsächlich interessierte.

„Wie haben Sie eigentlich Alfonsina Malacrida kennengelernt?"

„Mein derzeit einziger Gast, der Pornodarsteller Bonamente Fanzago, war viele Jahre lang ihr Gigolo."

„Das müssen Sie mir näher erklären. Sie hat für den Sex mit einem Mann bezahlt?"

„Jeden Dienstag zwischen drei und vier."

„Das ist weiß Gott eine Überraschung", murmelte Belli leise. „Sie hat sich verkauft, da war sie kaum älter als ein Kind, und inzwischen bezahlt sie dafür, dass man mit ihr schläft? Der Vater hatte recht, diese Frau scheint unersättlich zu sein."

Sofort kam Protest. „Sie sprechen von dem Vater, der sie an notgeile alte Männer verkauft hat? Die Richtung, die dieses Gespräch nimmt, gefällt mir gar nicht."

„Machen Sie einen Punkt. Sie wollen mir was von Moral erzählen? Ausgerechnet ein Mann, der als Prostituierte gearbeitet hat und mit Kriminellen zu tun hatte?"

„Sie haben den Unterschied nicht verstanden, oder? Vielleicht sollten wir die Fortsetzung unseres Gesprächs lieber verschieben."

Pietro Maria Belli wusste, dass er es übertrieben hatte, er war von der Aufregung mitgerissen worden. Jeder Satz der Schwuchtel war eine Goldgrube. Diese ganze Geschichte hatte das Potenzial für mehr als einen Artikel, daraus konnte er sogar ein Buch machen und auf den Markt werfen, wenn er schnell war. Das Schreiben wäre kein Problem, er bräuchte nur einen Ghostwriter. Es gab einen, der leider ziemlich teuer war.

Der Journalist entschuldigte sich, nahm sich noch ein Stück Kuchen und ließ sich, um die Schwuchtel zu beruhigen, sogar noch eine Tasse Tee einschenken. Dann lenkte er das Gespräch geschickt wieder auf neutralere und banalere Themen, um auf Umwegen an den Punkt zurückzukommen, an dem sie das Interview unterbrochen hatten: Nanà.

„Alfonsina Malacrida hatte also einen Gigolo, und die beiden hatten Sex in der Pension."

„Ja, immer in Zimmer drei."

„Ihre Rolle in dieser Angelegenheit verstehe ich nicht wirklich, Guastini. Es sei denn, Fanzago saß am Steuer des Wagens."

„Fanzago und Malacrida haben nichts mit der Sache zu tun. Und es war kein Mord, sondern ein Unfall. Ich war bei Tommaso Fontana, um ihn über Nanàs Beziehung mit dem Gigolo zu informieren. Er hat mich beschimpft und zu Boden geworfen, und als er mir vors Auto gelaufen ist, konnte ich nicht mehr bremsen."

Der Ton des Journalisten wurde drängender, sein Gesichtsausdruck härter, und er wechselte spontan zum vertrauten Du.

„Jetzt verarsch mich nicht. Ihr habt euch bestimmt abgesprochen. Ich biete dir hier die Chance, möglichst billig davonzukommen. Der Erste, der die Wahrheit auf den Tisch legt, zieht seinen Kopf aus der Schlinge und ist auf der sicheren Seite. Und wenn du es öffentlich in der Zeitung tust, ist das noch besser. Außerdem hast du ja Erfahrung, jemanden zu betrügen."

Signor Alfredo zuckte mit den Schultern. „Gut, Sie haben gewonnen. Die Malacrida wollte ihren Liebhaber aus dem Weg räumen und hat Fanzago dafür bezahlt, ihn zu töten. Sie brauchten mein Auto, aber im letzten Moment habe ich es bereut und bin in die Bar gegangen, um den Anwalt zu finden und ihn zu warnen."

„Bravo", lobte Belli, „damit bereitest du dir den Weg weg vom Gefängnis."

Dann bohrte er weiter.

„Und du bestätigst mir, dass das alles Nanàs Idee war? Sie hat den Plan in allen Einzelheiten ausgearbeitet und sich das alles ausgedacht?"

„Das liegt wohl auf der Hand, oder?"

Belli sagte nichts mehr und schrieb, hin und wieder schaute er auf und dachte einen Moment nach.

Signor Alfredo beugte sich vor, um ihn besser beobachten zu können, er war leicht beunruhigt.

Irgendwann murmelte Belli, dass der Ablauf so nicht stimmen könne. Er müsse sich die Details noch einmal ganz genau ansehen.

„Ich möchte auf keinen Fall, dass die Polizei oder die Kollegen irgendeinen Fehler finden."

„Das wird ganz sicher so sein. Denn die Version, die dir so gut gefällt, ist falsch", verkündete Signor Alfredo von oben herab und benutzte zum Zeichen seiner Missachtung ebenfalls das Du.

Signor Alfredo stand auf und trat näher, deutete auf die Schweißperlen, die sich auf Bellis Stirn gesammelt hatten, und schüttelte den Kopf.

„Eigentlich müsstest du tot sein. Auf dem Beipackzettel stand Schwitzen als Nebenwirkung, gefolgt von Nasenbluten."

„Was um Himmels willen redest du da?" Aus Bellis Nase lief jetzt tatsächlich Blut.

„Ich habe von Nasenbluten gesprochen", erklärte Signor Alfredo. „Bonamente hat wirklich recht, wenn er sagt, dass die Chemie ebenso gute wie schlechte Seiten hat. Sie kann dich retten und dich töten. Der Blutverdünner, den er jeden Morgen nehmen muss und den ich dir hochdosiert in den Tee gemischt habe, kann sogar als Mäusegift verwendet werden. Du weißt ja, auf den Beipackzetteln müssen sie immer alles genau angeben, damit sie nicht auf Schadenersatz verklagt werden."

Der eitle Journalist war wie gelähmt. Er konnte nichts tun, sein Blutdruck rauschte nach unten, der Blutfleck auf seinem Hemd wurde immer größer. Ein paar Sekunden später spürte er, wie das Leben langsam aus seinem Körper wich.

„Es geht mir nicht gut, hilf mir", flüsterte er noch, und dann starb er.

Signor Alfredo blieb einige Minuten sitzen und betrachtete den Körper, um sicherzugehen, dass er wirklich tot war. Anschließend nahm er ein weißes Leinentuch und legte es dem Journalisten vorsichtig über das Gesicht. Die Toten verdienten Mitleid.

Als Nächstes rief er Nanàs Freund an. „Du musst sofort herkommen."

Ihn herzubestellen hatte er in dem Moment geplant, als er sich entschieden hatte, den Journalisten umzubringen. Der Mann mit den Cowboystiefeln war der Einzige, der ihm helfen konnte. Er trug das Geschirr in die Küche, stellte es in die Geschirrspülmaschine und wählte die höchste Temperatur, um alle Spuren zu beseitigen.

Sobald er alles erledigt hatte, kehrte er an die Rezeption zurück, putzte seine Brille und machte mit seinem Kreuzworträtsel weiter.

Der Mann mit den Cowboystiefeln kam einige Stunden später. Er war nicht in der Stadt gewesen und hatte große Lust verspürt, den alten Transvestiten hängen zu lassen, bloß würde er damit ebenfalls Alfonsina gefährden. Ungläubig hörte er sich die verrückte Geschichte an.

„Und deshalb hast du ihn schlussendlich umgebracht. Mit Gift."

„Es gab keine andere Lösung."

„Versuch bitte fortan zu vermeiden, noch mehr Leute zu töten. Einen weiteren, und du wirst zum Serienkiller", meinte der Mann und zog das Notizbuch aus Bellis Jackentasche. „Du scheinst mich mit einem Müllmann zu verwechseln. Erst das Auto, dann eine Leiche."

„Was muss ich tun, um dich zu überzeugen?"

„Für den Anfang eine Flasche, ein Glas und einen Aschenbecher."

Als sie gemütlich dasaßen, rief der Cowboy ein paar Leute an und fragte Guastini im Anschluss, ob er Bargeld im Haus habe.

„Natürlich, mein Geld liegt unter der Matratze, da bin ich altmodisch."

Eine faustdicke Lüge. Er war erst heute Morgen auf der Bank gewesen und hatte das gesamte Geld abgehoben, wohl wissend, dass bald einige hohe Ausgaben auf ihn zukommen würden.

„Wie viel brauchst du?"

Nanàs Freund nannte eine ziemlich stolze Summe. In Wahrheit hatte Signor Alfredo befürchtet, dass ihn diese Dienstleistung noch viel mehr kosten würde, was er klugerweise nicht zeigte.

Der Cowboy durchsuchte Belli sorgfältig und nahm ihm alles ab, was auf seine Identität schließen ließ. Er steckte den Ehering in seine Tasche, der Rest kam in einen Müllsack, den er in irgendeiner Mülltonne auf der anderen Seite der Stadt entsorgen würde. Den Ring würde er per Post an die Ehefrau schicken, um ihr die quälende Unsicherheit zu ersparen. Vielleicht würde ihr das etwas Seelenfrieden schenken.

„Bellis Verschwinden wird Staub aufwirbeln", meinte er und goss sich einen Whisky ein, „und falls er irgendjemandem von seinem Verdacht gegen dich erzählt hat, bist du definitiv am Arsch."

Der Täter zuckte gleichmütig mit den Achseln. „Eins nach dem anderen. Im Übrigen bin ich auf dem Sprung ..."

Kurz darauf kamen zwei Männer an, Vater und Sohn, die Blaumänner trugen wie ganz normale Arbeiter und einen Handwagen sowie ein paar geräumige Koffer dabeihatten. Die Klassiker, wenn es um den Transport von Sperrgut ging.

Auf der Straße wurde alles in einen Kleinlaster geladen, dem der Cowboy folgte, um sicherzugehen, dass alles glattging. Während der Fahrt dachte er mit einer gewissen Bewunderung an den alten Transvestiten, der sich als aufgeweckt, geschickt und gewitzt erwiesen hatte. Allein seine Idee, ihn als

Helfer in seinen Plan einzubauen ... Wichtig war, ihn rechtzeitig aus dem Schussfeld zu nehmen, damit man keinerlei Verbindung zu Nanà herstellen konnte.

Sie verließen die Stadt und waren bald auf schmalen Nebenstraßen unterwegs, bis sie einen halb verfallenen Bauernhof erreichten. Der Leichnam verschwand in einem alten Ofen, der schon mit Holz und Kohlen vorgeheizt war. Am nächsten Morgen würden sie die Asche auf dem nahen Feld verstreuen. Nanàs Freund bezahlte seine Helfer, sobald der Körper Feuer fing, dann stieg er rasch wieder ins Auto, damit ihm nicht der Gestank nach verbranntem Fleisch in die Nase stieg.

Vater und Sohn sahen ihm nach. Der Alte ging in die Küche und machte etwas zu essen. Es war nicht das erste Mal, dass sie einen Leichnam verbrannten. Einige hatten sogar eine weite Reise zu ihnen gemacht. Mario und Giosuè Lanna unternahmen alles gemeinsam, allein brachten sie nichts zustande. Der Vater wusste genau, dass niemand sie mochte. Sie kümmerten sich um alles, was gepflegteren, gesitteten Menschen den Magen umdrehte, das war ihre Rolle in der Welt.

Lediglich der Typ mit den Cowboystiefeln pflegte sie mit Respekt zu behandeln und bekam deshalb ihre Dienste zum Sonderpreis. Sie hätten ihn nie verraten. Bei den anderen Kunden konnte man nie wissen, da hatten sie immer Namen, Daten, Kennzeichen und Telefonnummern notiert. Und den kleinen Finger der linken Hand ihrer Opfer aufgehoben.

Nachdem alles erledigt war, fuhr er zurück ins Stadtzentrum und ging in eine Bar, die er seit Studienzeiten kannte. Während er in ein Tramezzino biss, blätterte er Bellis Notizen durch. Dank seiner Hartnäckigkeit hatte der Journalist die

Dynamik im Fall Tommaso Fontana ganz gut rekonstruieren können, wenngleich manches falsch war. Er ging von der Annahme aus, dass die „Hure“ der Kopf hinter dem Plan war. Ein fataler Irrtum. Gerade deshalb war es richtig gewesen, ihn aus dem Weg zu räumen, Nanà wäre sicher irgendwie in die Sache verwickelt worden und dieses Mal vielleicht im Sumpf der Anschuldigungen untergegangen. Trotzdem war das Notizbuch ein wertvolles Beweisstück, das er behalten würde. Vielleicht würde es ja noch nützlich sein. Er sammelte seit Langem Informationen für den Extremfall. Falls es so weit kommen sollte, dass er eine Gefängnisstrafe riskierte, würde er seine Informationen gegen Hilfe und Unterstützung durch die richtigen Leute eintauschen. Er war kein Freund von Erpressung, doch wenn es notwendig wäre, würde er diese Karte spielen. Und zwar gut.

Er bestellte sich noch ein Stück hausgemachten Mandel-Ricotta-Kuchen und las aufmerksam die Notizen über einen gewissen Adriano Imperatori, der mit Marianna Fornasari verheiratet war. Im Grunde waren es Banalitäten und zumeist unwichtig. Interessant war, dass Belli hier ein persönliches Interesse gehabt zu haben schien, und deshalb beschloss der Mann mit den Cowboystiefeln, der Sache auf den Grund zu gehen.

In dieser Nacht konnte Signor Alfredo nicht schlafen. Nicht weil er Pietro Maria Belli vergiftet hatte, das bereitete ihm keine Gewissensbisse. Dieser Mann war ein Ekel gewesen und hatte es nicht besser verdient, und manchmal musste man den Feind mit seinen eigenen Waffen schlagen. Er war nie gegen Gewalt gewesen, es war durchaus vorgekommen, dass er sein Rasiermesser gezückt hatte, um sich auf der Straße oder gegen einen zu rabiaten Kunden zu verteidigen. Er hatte einer portugiesischen Kollegin, die ihn mit einer falschen Anschuldigung in Schwierigkeiten gebracht hatte, sogar das Gesicht zerschnitten. Und die Polizisten waren in seine Zelle gekommen, einer nach dem anderen. Und so war der wahre Grund dafür, dass er mit einer reichen Beute abgehauen war, der Wunsch nach Ruhe gewesen, nach einem Leben, in dem er nicht ständig seinen Körper verteidigen musste.

Was würde jetzt passieren, nachdem er jemanden umgebracht hatte? Männer wie er waren im Gefängnis Freiwild. An ihnen konnte man alle Vorlieben ausleben, die sich in der Zeit der Haft aufgestaut hatten, und auf sein Alter würde niemand Rücksicht nehmen. Nicht einmal die Wächter würden ihn verteidigen. Ganz im Gegenteil. Ihm blieb allein die Flucht.

Er räumte seinen Schrank auf und dachte dabei an die glückliche Zeit, die er in der Pension Lisbona verbracht hatte, ging in jedes Zimmer, um sich zu verabschieden, und schrieb zwei Briefe.

Am nächsten Morgen, kurz bevor Erminia kam, sagte er seinem Königreich Lebewohl. In Männerkleidern schloss er die Tür hinter sich, das Herz voller Bedauern.

Am Flughafen suchte er nach einem öffentlichen Telefon und rief Federico Bassi an.

„Wie schön, deine Stimme zu hören, meine Königin“, sagte der Professor mit müder Stimme.

„Heute muss ich dir Lebewohl sagen. Ich werde nach Portugal fliegen und nie mehr zurückkehren, dich nicht einmal mehr anrufen können.“

„Hoffentlich hat diese Abreise nichts mit einer neuen Liebe zu tun, die das Leben, die Schönheit und die Hoffnung noch einmal in dir aufflammen lässt."

„Meine einzige Liebe bist du", flüsterte Signor Alfredo tief bewegt.

„Zwei glückliche Liebende kennen kein Ende und keinen Tod", zitierte Federico Neruda, „und manchmal sind wir glücklich gewesen."

Nach seiner Landung in Lissabon zog Alfredo seine Frauenkleider wieder an, zahlte einen Taxifahrer dafür, dass er ihn durch die Stadt fuhr zu allen Orten, an denen er gelebt hatte und wo man ihn die Italienerin genannt hatte. Nicht weil er in schönen Erinnerungen schwelgen wollte, sondern um sich besser in die Rolle einzufinden, die er ab sofort spielen würde.

Einige Tage später nahm er erst den Zug und dann den Bus zu einem kleinen Fischerdorf an der Küste. Er streifte durch die Gassen, setzte sich in die Cafés und aß im ersten Haus am Platz zu Mittag. Das war seine Art, seine Anwesenheit publik zu machen.

Am nächsten Morgen stand er auf, zog ein blaues Kleid und die passenden Schuhe an und ging zu einem großen Haus direkt am Meer, nahm Platz auf einem Mäuerchen und wartete. Wie ein Filmstar hatte er die Beine übereinandergeschlagen, die Handtasche auf dem Schoß. Das Ganze wirkte wie eine einstudierte Szene aus einem Film, der vor Jahren berühmt gewesen war.

Das Tor öffnete sich nicht.

Die Szene wiederholte sich genauso am folgenden Tag. Erst am dritten Tag kam eine Angestellte aus dem Haus und bat ihn herein.

Er war immer noch schön, ein gut aussehender alter Mann mit klarem Blick.

„Warum bist zu zurückgekommen?"

„Ich weiß nicht, wo ich sonst hinsoll."

„Wen hast du dieses Mal betrogen?"

„Einen Freund. Und ich habe zwei Männer umgebracht. Der erste hatte es nicht verdient."

„Auch du solltest sterben."

„Wenn du dich hättest rächen wollen, wäre ich bereits eine ganze Weile tot. Glaubst du etwa, ich hätte dich vor meiner Pension nicht erkannt?"

„Weil du Männerkleidung anhattest, hast du mir leidgetan, und ich habe dich nicht umgebracht."

„Ich bin nicht hergekommen, um mich zu entschuldigen. Dazu ist zu viel Zeit vergangen. Vielmehr bin ich gekommen, um mit dir zu leben bis ans Ende meiner Tage."

„Du verlangst zu viel."

„In all den Jahren habe ich dich im Auge behalten, ich wollte wissen, was du so treibst."

„Und?"

„Du bist einsam, hast keine Menschenseele, genau wie ich."

„Ich komme gut allein klar."

„Das glaube ich dir nicht. Ich habe selbst Angst vor der Einsamkeit. Und vor dem Gefängnis. Darum brauche ich dich und deinen Schutz."

„Du kommst einfach so hierher, nachdem du mich betrogen hast, und redest, als ob ich dir etwas schuldig wäre. Oder als ob du noch immer meine Frau wärst."

„Tief drinnen habe ich niemals aufgehört, es zu sein."

„Erzähl keinen Blödsinn. Ich bin mir sicher, dass du diesen Satz aus einem deiner Liebesromane hast, die du so gerne liest", unterbrach er ihn, „die anderen haben geglaubt, das Ganze sei meine Idee gewesen, die Sache ist nicht gut ausgegangen. Ich musste sogar alte Freunde erschießen."

„Zwischen Kriminellen endet es fast immer so."

„Stimmt. Zum Glück ist meine Karriere vorbei."

„Ja, ich weiß."

„Heute schaue ich aufs Meer und muss mir keine Sorgen machen, wovon ich mein Brot kaufen werde."

„Wir könnten zusammen aufs Meer schauen."

Der Mann stand auf und verließ das Wohnzimmer. Signor Alfredo blieb so lange sitzen, bis die Sonne untergegangen war und die Angestellte ihn bat, am nächsten Tag wiederzukommen, vielleicht sei ja die Stelle der Köchin frei.

Zurück im Hotel, versuchte er den Sinn dieser vagen und zugleich verletzenden Einladung zu ergründen. Er hatte sich keine Illusionen gemacht und wusste, dass man ihn nicht mit offenen Armen empfangen würde, aber er war nicht bereit, ein Nein zu akzeptieren. Die einzige Alternative bestünde darin, von der Brücke zu springen.

Nach dem Abendessen ging er in eine Bar auf der Piazza. Die freundlichen Blicke verrieten ihm, dass alle genau wussten, dass er in der Villa empfangen worden war, und man sich fragte, wer er wohl sei.

Am nächsten Morgen wählte er ein eng anliegendes schwarzes Kleid, das ihm besonders gut stand und hervorragend zu dem passte, was er vorhatte.

Er bezahlte seine Rechnung, schenkte alle seine Kleider dem Zimmermädchen und begab sich zum Tor der Villa. Dort kniete er nieder und senkte den Kopf. Er würde so lange so verharren, bis man ihn hereinbat.

Eine Kindheitserinnerung kam ihm in den Sinn. Der Priester seines Heimatdorfs hatte einmal eine junge Frau mit angeblich losen Manieren dazu gezwungen, vor dem Kirchenportal niederzuknien und zu beten. Der Sinn bestand darin, dass sie damit aufhörte, sich selbst einen Ehemann suchen zu wollen. Selbst nach so vielen Jahren erinnerte er sich ganz genau an dieses Bild. Eine junge Frau, die gefalteten Hände vor Kälte ganz blau gefroren, die Tränen der Scham, die ihr über das Gesicht gelaufen waren.

Nach einigen Stunden sah Signor Alfredo seine alte Liebe langsam auf das Tor zukommen. Er hatte inzwischen Krämpfe und war völlig erschöpft.

„Ich werde niemals bloß eine deiner Dienstbotinnen sein", stellte er klar.

Eine Angestellte brachte dem alten Mann einen Stuhl, sodass er sich setzen konnte.

„Ich warte drinnen auf dich, das Tor ist geöffnet."

Alfredo blieb noch eine Weile sitzen und sammelte seine Kräfte, dann folgte er dem Weg hinüber zum Haus.

Er war wieder die Italienerin und würde verlangen, erneut die zu werden, die er vor langer Zeit gewesen war. Natürlich hätte Alfredo den Rest seines Lebens lieber mit Federico Bassi verbracht. Selbst Bonamente wäre ein guter Partner gewesen, doch dieser alte Mann hier würde ihm Sicherheit und Wohlstand garantieren, selbst wenn er ihm hin und wieder die Vergangenheit vor Augen führte. Vertrauen würde er ihm nie wieder, jedenfalls nicht hundertprozentig.

Bevor er das Haus betrat, richtete er sich auf und strich sich das Kleid glatt. Er wollte aussehen wie eine Königin, die ihr neues Schloss in Besitz nahm.

6.

Bonamente lag auf einer Liege, genoss eine ayurvedische Massage, die seine Chakren ausbalancierte, und hörte den Tipps von Masseur Alfio zu, der ihm von den weiblichen Kurgästen erzählte, die auf der Suche nach schnellem Sex waren, ohne sich gefühlsmäßig binden zu wollen. Beim Abendessen waren ihm zwei Frauen aufgefallen, die ihm aufmunternde Blicke zugeworfen hatten, und weil er seine Dienstagsfrau vergessen wollte, hatte er Alfio um einige Informationen gebeten.

„Selena und Pasqualina", hatte er gesagt, „die kenne ich gut. Schön. Leidenschaftlich, sympathisch und diskret. Sie wollen ihren Spaß haben und machen ansonsten keine Schwierigkeiten."

Der Pornodarsteller im Ruhestand beschloss, den Kellner zu bitten, ihn beim Abendessen an ihren Tisch zu setzen. Der Gedanke, von nun an jeden Dienstag ohne seine Dame verbringen zu müssen, quälte ihn zu sehr. Er musste sich ablenken, mit anderen Menschen plaudern, um endlich so etwas wie Frieden zu finden.

Er ging auf sein Zimmer und schaute auf sein Handy. Überrascht stellte er fest, dass man mehrere Male versucht hatte, ihn zu erreichen. Allein elf Anrufe aus der Pension Lisbona waren darunter. Beunruhigt rief er sofort zurück. Erminia nahm seinen Anruf entgegen.

„Er ist weg“, sagte sie weinend.

„Wer?“

„Signor Alfredo. Für immer.“

„Das verstehe ich nicht.“

„Er hat zwei Briefe hinterlassen, einen für mich und einen für dich.“

Bonamente war wie erstarrt. Sein väterlicher Freund konnte ihn nicht einfach so im Stich gelassen und ihn mit ein paar Zeilen abserviert haben, er verstand es nicht.

„Das muss ein Irrtum sein.“

„Komm sofort zurück!“, schrie Erminia verzweifelt.

„Aber ich bin gerade erst angekommen, und er selbst hat mir das Ganze hier gebucht.“

Die Haushälterin murmelte etwas, das stark nach einer Beschimpfung klang, und legte auf. Verwirrt und mit wild klopfendem Herzen setzte sich Bonamente aufs Bett und versuchte seine Gedanken zu ordnen. Als ein Stechen seinen Kopf durchzuckte, dachte er gleich panisch an einen neuen Schlaganfall.

„Ich sterbe“, redete er sich eine Weile ein, doch bald wurde ihm klar, dass er sich lediglich verrückt machte. Er rief daraufhin die Rezeption an und bat darum, für ihn die Rückfahrt zu organisieren.

Die Rezeptionistin behandelte ihn äußerst entgegenkommend und erkundigte sich, ob er nicht zufrieden gewesen sei, immerhin verlasse er das Hotel bereits nach einer Nacht wieder. Seine gestammelte Antwort war merkwürdig und für Fremde völlig unverständlich.

„Signor Alfredo ist für immer gegangen, was ich einfach nicht glauben kann. Ich muss mir Klarheit verschaffen, dann komme ich wieder. Vielleicht."

Diese zwei Sätze sagte er auch den Mitreisenden, die ihn während der Fahrt ansprachen. Die erste, eine Englischlehrerin, die keine Lust mehr auf ihre Korrekturen hatte, fragte: „Geht es Ihnen gut? Sie wirken etwas verstört."

„Ja, allerdings nicht in sexueller Hinsicht wie Professor Bassi. Er hat mich gefragt, ob ich eine Meinung zu diesem Thema hätte."

Daraufhin bat die Frau den Schaffner um einen anderen Platz, und andere schlossen sich ihr an. Niemand wollte mit einem Verrückten reisen.

Bonamente merkte es nicht einmal. Verstört haderte er damit, dass er die einzigen Bezugspunkte in seinem Leben verloren hatte und am Abgrund stand. Er war so verzweifelt, dass das Abgleiten in den Wahnsinn gar keine schlechte Alternative für ihn zu sein schien. Er ging in den Speisewagen und aß ein paar Sandwiches, die nach Karton mit Mayonnaise schmeckten. Unzufrieden schob er eine Packung Schokowaffeln hinterher.

Als der Zug sein Ziel erreichte, war es schon Abend geworden. Im Taxi erzählte ihm der Fahrer vom Verschwinden des Journalisten Pietro Maria Belli, in der Stadt spreche man von nichts anderem. Bonamente empfand kein Mitgefühl. Er wusste, dass der Typ seine Dienstagsfrau verfolgt hatte, und fand es nur gerecht, dass ihm etwas Schreckliches passiert war und er über diesen ganzen bösartigen Unsinn nicht mehr schreiben konnte.

Die Pension Lisbona war verwaist. Im Salon fand er einen Umschlag, auf dem stand: *An meinen lieben Bonamente.*

Mein Lieber,

es war ein Geschenk, Dich kennengelernt und Dich als Gast in meiner Pension gehabt zu haben. Ich habe Dich geliebt wie einen Sohn, und das tue ich noch immer. Obwohl das Schicksal uns für immer trennt, wirst Du in meinem Herzen bleiben, und ich werde mich immer an Dich erinnern. Du brauchst Sicherheit und Stabilität. Deshalb habe ich beschlossen, Dir die Pension zu überlassen. Sie gehört Dir. Du kannst damit tun und lassen, was Du willst, sie weiterführen oder verkaufen. In den nächsten Tagen wird sich mein Anwalt, Notar Galimberti, mit Dir in Verbindung setzen.

Mit liebevoller Umarmung,

Dein Alfredo

Der ehemalige Gigolo hätte am liebsten aufgeschrien. Die Pension interessierte ihn nicht. Signor Alfredo war es, der sich um ihn gekümmert hatte, um die Medikamente, um die Mahlzeiten. Wie sollte er lernen, allein zurechtzukommen? Einen Moment lang war er versucht, sich in Wut zu flüchten, um die Angst beiseitezuschieben, die ihn zu ersticken drohte, aber es gelang ihm nicht. Er verdankte dem Mann so viel, dass er sich stattdessen mit einem seiner üblichen Heulkrämpfe von ihm verabschiedete.

Am nächsten Morgen kam Signora Erminia zur gewohnt frühen Zeit zur Arbeit.

„Guastini hat dir die Pension vermacht. Was hast du damit vor?“

„Woher weißt du das?“

„Ich habe deinen Brief gelesen.“

„Und was steht in deinem?“

„Er hat mir etwas Geld und viele gute Wünsche hinterlassen.“

„Ein echter Gentleman, bis zum Schluss. Oder besser, eine echte Dame.“

„Er wird uns fehlen.“

„O ja.“

„Hast du irgendwelche Pläne?“

„Keine Ahnung, Erminia. Ich muss darüber nachdenken.“

Die Frau nickte, zog den Mantel aus und streifte die Schürze über.

„Was machst du?“, fragte Bonamente überrascht.

„Ich kümmere mich um dein Frühstück und deine Medikamente. Noch eine Woche, damit du genug Zeit hast, dich zu organisieren.“

„Danke, über deine Bezahlung sprechen wir später.“

„Lass mal, das mache ich aus Freundschaft, ich will kein Geld. Denk lieber an deine Zukunft. Wenn ich an deiner Stelle wäre, würde ich die Pension vermutlich eher nicht verkaufen.“

„Bestimmt bin ich gar nicht in der Lage, sie überhaupt zu leiten.“

Die Haushälterin legte ihm eine ihrer großen Hände auf die Schulter. „Ich weiß. Du kannst nichts als vögeln. Vielleicht bist du ja wirklich gut, doch im Grunde treibst du immer das gleiche Spiel.“

„Was meinst du damit?“

„Es ist Zeit aufzuwachen. Wenn das Glück an die Tür klopft, wäre es bescheuert, es wegzuweisen."

Bonamente erschreckten ihre Worte so sehr, dass er sich in die Bingohalle flüchtete. Allerdings war er so zerstreut, dass er Tränen vergoss, als er irgendwann merkte, dass er gewonnen hatte.

Unterdessen brachte Erminia in der Pension Signor Alfredos Zimmer in Ordnung, als wäre es bloß eine Frage der Zeit, bis er zurückkehren würde. Sie war traurig, als hätte sie einen nahen Verwandten verloren. Damals, als sie auf die Anzeige geantwortet und sich mit Rolando in der Pension vorgestellt hatte, war sie davon ausgegangen, das Ganze sei ein Übergangsjob, bis sie etwas Besseres gefunden hatte. Ein Homosexueller, dazu einer, der Frauenkleider trug? Das kam als Arbeitgeber eigentlich nicht infrage. Dabei hatte sie vorher gar keinen Kontakt mit Leuten seines Schlages gehabt.

Das machte sie neugierig, und sie hatte nicht gezögert, seine Sachen zu durchwühlen, als ihr Arbeitgeber außer Haus war. Kleider, Hütchen, Perücken, Schminke. Sie begriff einfach nicht, wie ein Mann sich so verkleiden konnte. Rolando und sie hatten ihrer Familie und ihren Freunden wohlweislich verschwiegen, dass sie in der Pension eines Schwulen arbeiteten. Von der Peinlichkeit einmal abgesehen, gab es viele, die Homosexualität für ansteckend hielten. Betty, die ehemalige Köchin, hingegen hatte das überhaupt nicht gestört. Aber die war eine halbe Kommunistin gewesen mit lauter komischen Ideen im Kopf, ging nicht in die Kirche und war dafür, die Abtreibung zu legalisieren.

Trotzdem blieben Erminia und ihr Mann. Inzwischen eine Ewigkeit. Guastini, wie sie ihn nannten, war ein guter Mensch, der sie stets mit dem nötigen Respekt behandelte. Ihre anderen Arbeitgeber hatten ihnen dagegen immer das Gefühl gegeben, zwei minderbemittelte Vorstadtpflanzen zu sein. Außerdem war er unglaublich großzügig und griff ihnen bei Geldsorgen ganz selbstverständlich unter die Arme.

Wie es aussah, verfügte er über ausreichend Geld. Viele Jahre war die Pension eine lukrative Einnahmequelle gewesen. Ein Treffpunkt ebenso für dezente Homosexuelle wie für eher merkwürdige Gäste, von denen man nicht recht gewusst hatte, wie man sie einordnen sollte. Immerhin hatte Erminia einige von ihnen ins Herz geschlossen. Professor Bassi beispielsweise, der ausgemacht freundlich und zurückhaltend gewesen war, den Urologen Donati, der sich um Rolandos Prostataprobleme gekümmert hatte, oder den Vertreter Bonsanto, der Unterwäsche verkaufte und ihr oft einige Musterstücke geschenkt hatte, die sie an ihre Tochter weitergab, weil sie sie für eine Frau ihres Alter zu gewagt fand.

Und schließlich Bonamente, der von seinem Vermieter wie ein Sohn behandelt wurde. Mit Recht. Er war ein wunderbarer, freundlicher und gütiger Bursche. Ein bisschen naiv vielleicht, was sie nicht weiter schlimm fand. Er war eben so, brauchte immer jemanden, der sich um ihn kümmerte. Und genau diese Rolle hatte Signor Alfredo übernommen. Was würde der Junge ohne ihn machen, wie sollte er allein zurechtkommen? Erminia hoffte, dass er die Pension nicht verkaufte. Zum einen, weil sie gerne dort weiterarbeiten wollte, zum anderen, weil es für Bonamente bestimmt das Beste wäre. Sie war sein Zuhause. Hier hätte er Kontakt mit anderen Menschen und würde nicht völlig vereinsamen. Und mit etwas Glück fand er eines Tages sogar die oder den Richtigen.

Die Haushälterin beschloss, eine Pause zu machen und bei einem Latte macchiato ihre eigene Situation zu analysieren. Guastini hatte ihr und Rolando ein hübsches Sümmchen hinterlassen, zum Glück in bar. Es lag bereits im Keller, da sie den Banken in Italien nicht traute. Wenn es nach ihr ginge, hätte sie gerne die alte Lira zurückgehabt.

Zwei Tage später wurde Bonamente von der Klingel am Hauseingang geweckt. Das Display des Weckers zeigte 5.42 Uhr. Erminia konnte es nicht sein, sie kam immer erst gegen sieben. Im Pyjama ging er an die Wohnungstür und öffnete. Aus dem Aufzug kamen gerade Commissario Pagano, Sovrintendente De Caro und ihr Kollege Rosati. Bonamente geriet in Panik. Er war sich sicher, dass sie ihn verhaften würden. Stattdessen fragten sie nach Signor Alfredo.

„Er ist nicht da."

„Und wo ist er?", erkundigte sich der Kommissar.

„Ich weiß es nicht, er hat mir einen Brief hinterlassen."

„Den möchte ich gerne sehen."

Der zutiefst verunsicherte ehemalige Pornostar führte die Beamten in den Salon und reichte Pagano den Brief. Der las ihn sorgfältig durch und reichte ihn an De Caro weiter, bevor er sich wieder an den letzten Mieter wandte.

„Dann sind Sie also von nun an der neue Besitzer der Pension."

„Ja."

„Wo waren Sie am 28. Oktober?"

„In Bagni di Triponzo. Ich hatte einen Schlaganfall und musste mal wieder zur Kur."

Pagano nickte Rosati zu, der daraufhin den Raum verließ, um zu telefonieren.

„Sagt Ihnen der Name Pietro Maria Belli zufällig etwas?"

„Nein. Wer ist das?", log er und merkte, dass seine Wangen sich rosa färbten.

„Ein bekannter Journalist, der am 28. Oktober verschwunden ist. Wir wissen, dass er über Alfredo Guastini recherchierte und hier im Viertel ein Foto von ihm herumgezeigt hat. Haben Sie eine Idee, nach was er gesucht haben könnte?"

„Nein."

„Kennen Sie den Namen Alfonsina Malacrida?"

„Nein", antwortete er kaum hörbar.

„Und Tommaso Fontana?"

„Auch nicht."

„Belli hat herausgefunden, dass Guastini in einer Bar nach Tommaso Fontana gefragt hat, kurz bevor besagter Anwalt von einem Auto überfahren wurde. Der Chauffeur des Wagens beging Fahrerflucht."

Die beiden Kommissare betrachteten den unsicheren neuen Besitzer und warteten seine Reaktion ab. Lange würde er das nicht mehr durchhalten, merkte er selbst, und kurz schoss ihm die Idee durch den Kopf, alles zu erzählen. Zum Glück hinderte ihn Rosati daran, der mit einer neuen Nachricht ins Zimmer kam.

„Der Nachtportier konnte sich an Fanzago erinnern, er hat im Gästeverzeichnis nachgesehen und bestätigt, dass er am 28. Oktober im Hotel war."

Obwohl Pagano nun überzeugt war, dass Bonamente mit dem Verschwinden von Belli und dem Tod Fontanas nichts zu tun hatte, zog er demonstrativ einen Durchsuchungsbefehl aus der Tasche.

„Sie können gerne einen Anwalt anrufen, doch das wäre Zeitverschwendung."

„Ich wüsste nicht einmal, an wen ich mich überhaupt wenden sollte."

„Sehr gut, wir beeilen uns auch."

Nach ein paar Minuten rief Pagano ihn in das verlassene Schlafzimmer des geflohenen Besitzers.

„Erzählen Sie mir bitte, wer die Frau war, die mit Guastini zusammengelebt hat oder noch zusammenlebt?"

„Solange ich ihn kenne, hat er ganz allein gelebt."

„Und wem gehören dann die Frauenkleider?", fragte der Kommissar und deutete auf den Schrank.

„Signor Alfredo."

„Er trug Frauenkleider?"

„Ja, in der Pension. Wenn er das Haus verließ, zog er Männerkleider an, er hatte zu viel Angst, dass ihm etwas passieren würde."

Pagano schaute den langjährigen Mieter verwirrt an und wusste nicht, was er sagen sollte. Dieser Guastini passte so gar nicht zum Profil eines Mannes, der einen anderen umbrachte und einen zweiten verschwinden ließ. Möglicherweise hatten die beiden Fälle ja gar nichts miteinander zu tun, dennoch gab es zu viele Hinweise, um der Sache nicht auf den Grund zu gehen. Der Tod von Tommaso Fontana könnte zur Not als Unfall mit einem unbekannten Täter verbucht werden, das

Verschwinden von Pietro Maria Belli hingegen war eine ernst zu nehmende Sache, die nach einem Verbrechen roch.

Und nach einem Fall, der gewaltigen Ärger versprach, da die Presse bei Problemen, in die Kollegen verwickelt waren, besonders empfindlich zu sein pflegte. Deshalb durften sie Guastini nicht der Journalistenmeute überlassen, sondern würden weiter nach ihm suchen müssen. Schwierig würde es allerdings werden, wenn er sich ins Ausland abgesetzt oder sich umgebracht hatte. So wie der Brief sich anhörte, könnte er auf eine extreme Tat durchaus hinweisen.

Die Hausdurchsuchung erwies sich als ein Schlag ins Wasser, nichts Verdächtiges wurde gefunden. Rosati fragte Bonamente lediglich, ob er ihm vielleicht eine DVD mit seinem Zombieporno schenken würde, in dem er einen Autofahrer gespielt hatte, der während einer Panne von sechs attraktiven Geschöpfen aus der Hölle gekidnappt wurde. Anschließend verabschiedeten sie sich.

An der Tür drehte der leitende Kommissar sich noch einmal zu Bonamente um.

„War Guastini eigentlich ein gewalttätiger Mensch?", wollte er wissen.

„Absolut nicht."

„Hatte er jugendliche Liebhaber?"

„Nein."

„Hatte er Kontakt zu Kriminellen?"

„Er und ich haben die letzte Zeit allein in der Pension gewohnt, und abends ging er nie aus."

„Wenn er hier auftaucht, geben Sie mir bitte sofort Bescheid."

Zitternd schloss der letzte Bewohner die Tür, schlüpfte wieder unter die Bettdecke und wartete auf Erminia, um jemandem zu erzählen, was passiert war. Außer ihr hatte er ja niemanden mehr.

Pagano und seine Leute kehrten nicht ins Präsidium zurück, sondern statteten Alfonsina Malacrida, die ebenfalls auf ihrer Liste stand, einen Besuch ab.

„Was wollt ihr noch?", fragte sie mit müder Stimme.

Sie fuhr sich über das Gesicht und verfluchte das letzte Glas zu viel, das sie vor dem Schlafengehen getrunken hatte, nachdem sie sich nicht mehr aufs Schreiben hatte konzentrieren können. Die Angst, für den Mord an Fontana verurteilt zu werden, hatte ihr jede Kreativität genommen. Langsam befiel sie das Gefühl, dass ihre schöpferische Kraft Stück für Stück zerstört wurde. Gestern Abend hatte sie aus diesem Grund Zuflucht bei einer Flasche sechzehn Jahre altem Whisky gesucht.

Der Kommissar nahm sich Zeit. Er betrachtete die Gemälde im Wohnzimmer, bevor er sie nach dem Journalisten fragte, der vermisst werde, und wo sie am Nachmittag und Abend des 28. Oktober gewesen sei.

Alfonsina verlor die Nerven. „Jetzt wollt ihr mir zu allem Überfluss noch das Verschwinden dieses Arschlochs Pietro Maria Belli anhängen? Reicht es euch nicht, dass ihr mein Leben zerstört habt?"

„Autsch", sagte einer der Polizisten scherzhaft und deutete eine Ohrfeige an, während Pagano sich aufs Sofa setzte und sich an Nanà wandte. „Belli untersuchte den Unfall von Tommaso

Fontana und hielt Alfredo Guastini anscheinend für den Schuldigen."

„Hielt?", fragte sie sarkastisch. „Geht ihr schon davon aus, dass er tot ist?"

„Hör auf damit, Alfonsina. Wir sollten offen miteinander reden, verlieren wir also keine Zeit. Falls wir annehmen, dass Bellis Verschwinden etwas mit Fontanas Tod zu tun haben könnte, dann endest du ein weiteres Mal als Verdächtige in einem Mordfall, dieses Mal sogar mit zwei Toten auf dem Buckel."

Nanà seufzte resigniert. „Ich kann beweisen, dass ich mich zu diesem Zeitpunkt hier in der Wohnung aufgehalten habe."

„Zeugen?"

„Nein."

„Internet oder Telefon?", hakte der Kommissar nach.

„Ja.

Pagano nickte nachdenklich. Alfonsina war zu abgeklärt, und er glaubte ihr. Darüber hinaus hatte Belli genug Feinde, die ihn kidnappen und aus dem Weg hätten räumen können, ohne irgendwelche Spuren zu hinterlassen.

„Kennst du diesen Guastini?"

„Nein."

„Er trug heimlich Frauenkleider. Und er war Besitzer der Pension Lisbona. Warst du jemals dort?"

„Nein."

Der Kommissar stand auf und ging zur Tür, seine beiden Kollegen folgten ihm.

Sobald sie weg waren, drehte Nanà fast durch. Sie war zum Lügen gezwungen gewesen, ob sie nun unschuldig war oder nicht. Sie schrieb dem Mann mit den Cowboystiefeln eine SMS und stellte sich unter die Dusche.

„Das war ein Scheißtag", sagte Alfonsina, nachdem sie von Paganos Besuch berichtet hatte. „Nicht, dass die anderen irgendwie besser gewesen wären, aber heute hatte ich wirklich einen Knoten im Magen vor Angst, wieder ins Gefängnis zu müssen."

„Ich habe dir geraten, die Stadt eine Weile zu verlassen", ermahnte sie ihr Freund.

Gemeinsam saßen sie in einer Pizzeria, wo man Tag und Nacht etwas zu essen bekam. Nachts verkehrten hier Schauspieler, Journalisten, Musiker sowie eine bunte Mischung an mehr oder minder kriminellen Typen. Sie waren hierhergekommen, weil in der Wohnung, in der Nanà mit Tommaso gelebt hatte, die Erinnerungen zu bedrückend waren.

Sie trank einen Schluck Bier. „Du musst Signor Alfredo und Bonamente ausrichten, sie sollen den Bullen sagen, dass sie mich nicht kennen und ich nie in der Pension Lisbona war."

„Die Transe hat sich abgeseilt, und ich glaube nicht, dass er je wiederkommt. Er hat die Pension deinem Gigolo vermacht."

Überrascht riss Nanà die Augen auf. „Woher weißt du das?"

„Der Typ hat mich angerufen und mir unter anderem stolz erzählt, dass er Pagano nichts verraten und sogar geleugnet hat, dich zu kennen."

„Und wie lange wird der Kommissar brauchen, um herauszufinden, dass er gelogen hat?"

„Es ist nicht gesagt, dass das überhaupt passieren wird. Im Moment sieht es so aus, als ob sie damit beschäftigt sind, den Journalisten zu finden und Guastini auf die Spur zu kommen. Wobei Pagano dieses Mal sehr vorsichtig zu sein scheint, bislang hat er zumindest keine Namen publik gemacht."

„Was ist überhaupt mit Belli passiert?", fragte Alfonsina unvermittelt.

„Keine Ahnung."

„Glaubt Pagano, dass Signor Alfredo etwas mit seinem Verschwinden zu tun hat, oder nicht?"

Der Mann mit den Cowboystiefeln lachte. „Ich kann mir kaum vorstellen, wie dieser alte Transvestit jemanden umbringt und ihn dann irgendwo auf einem Feld verbuddelt."

„Warum ist er überhaupt verschwunden?"

„Was ist mit dir los, Nanà?" Die Stimme ihres Freundes war eiskalt geworden. „Hast du vergessen, dass dich gerade Überlegungen, die auf gesundem Menschenverstand und Vernunft beruhten, ins Gefängnis gebracht haben? Du solltest am besten wissen, dass die Wahrheit der Polizei und die Wahrheit der Justiz oft meilenweit auseinander liegen."

Alfonsina senkte beschämt den Blick. „Du hast recht. Bring mich nach Hause, ich bin müde."

7.

Etwa zwei Wochen später fluchte Pagano leise vor sich hin und schimpfte über die ewig gleichen Mühlen der Bürokratie. In diesem Moment betrat ein Beamter den Raum, der den Besuch der Ehefrau von Pietro Maria Belli ankündigte. Der Commissario streifte sein Jackett über und ging ihr entgegen.

Seit dem Verschwinden des Journalisten hatten sie sich öfter getroffen. Von seinen Vorgesetzten war er angewiesen worden, sich intensiv um die Frau, die von allen bereits als Witwe betrachtet wurde, zu kümmern. Man hatte Angst, dass sie sich bei den Kollegen ihres Mannes beschwerte, die dann in der Öffentlichkeit Lärm über die fehlenden Fortschritte bei den Ermittlungen machen würden.

Tatsächlich hatten Pagano und seine Männer alle möglichen Spuren verfolgt, ohne dabei auf etwas zu stoßen, das ihnen weiterhelfen würde. Nach wie vor gab es nicht mehr als einen einzigen Verdächtigen, und zwar Alfredo Guastini, der verschwunden war. Und selbst bei ihm war das Motiv fraglich. Die Medien hatten sich daher zu den abenteuerlichsten und unwahrscheinlichsten Theorien verstiegen, über die sie spekulierten. Echte Fortschritte, über die sie berichten konnten, gab es keine. Die Artikel taten alles, um die Mythomanen zu immer neuen Ideen anzustacheln. Pietro Maria Belli und seine

Karriere wurden heraufbeschworen und idealisiert, aus dem Opfer wurde ein mutiges Vorbild für die italienische Jugend.

Der Kommissar wusste, dass er sich in einer schwierigen Situation befand. Wenn er den Fall lösen würde, wäre er ein Held, wenn nicht, würde man ihn als unfähig verurteilen, was nicht ohne Folgen für seine Karriere bleiben würde.

Signora Belli zog es vor, sich mit ihrem Mädchennamen vorzustellen: Ginevra Malvani. Seit ihrem ersten Treffen hatte Pagano sich eine interessante Frage gestellt: Wenn Belli König Artus war, wer mochte dann Lancelot, der unsterblich in Ginevra, die Königin, verliebte Ritter der Tafelrunde, gewesen sein?

Der Kommissar erhob sich und begrüßte die Signora freundlich. Sie war eine gut aussehende Frau, etwas jünger als ihr Mann und wesentlich gebildeter und eleganter. Warum sie ihn geheiratet hatte, war schwer zu verstehen. Vermutlich hatte sie einen Geliebten, eben einen Lancelot, den sie König Artus vorzog.

Ihre mit funkelnden Ringen geschmückte Hand verschwand in ihrer Handtasche und zog einen Umschlag heraus.

„Das habe ich im Briefkasten gefunden."

Commissario Pagano betrachtete den Inhalt und schob ihn auf einen Bleistift. „Der Ehering Ihres Mannes?"

Signora Malvani nickte. „Ja. Leider habe ich beim Aufmachen nicht aufgepasst und alles angefasst."

„Machen Sie sich keine Gedanken. Wenn da noch andere Fingerabdrücke drauf sind, werden wir sie ganz bestimmt finden."

Die schöne Ginevra hatte anscheinend bislang nicht begriffen, was dieser Umschlag zu bedeuten hatte, und interpretierte das falsch.

„Pietro Maria wurde gekidnappt, und jetzt wollen die Entführer Lösegeld, oder? Wir sind wohlhabend, jedoch nicht reich, und ich müsste wahrscheinlich meine Geschwister um Hilfe bitten, wenn ein hohes Lösegeld verlangt wird."

Pagano hatte ihr nur mit halbem Ohr zugehört und starrte auf den Ring. Das war das Ende all seiner Probleme.

Pietro Maria Belli war tot, irgendwo verscharrt, und seine Mörder hatten dafür gesorgt, dass seine Witwe davon erfuhr. Eine höfliche Geste aus einer längst vergangenen Zeit. Jetzt musste er bloß noch den Begriff *lupara bianca*, Mord ohne Leiche, ins Spiel bringen, die Mafia beschuldigen und abwarten, dass die Presse sich darauf stürzte. Die Erfahrung hatte ihn gelehrt, dass diese Fälle, bei denen die Leiche fehlte, allein durch die Aussagen von Kronzeugen gelöst werden konnten.

Die Schuldigen waren womöglich andere, aber wen interessierte das? Die Mafia war die perfekte Lösung. Der Journalist hatte über wichtige Prozesse gegen das organisierte Verbrechen berichtet, seine ätzenden Artikel mussten irgendeinen Boss verärgert haben, und der Kommissar konnte es sich nicht leisten, zu viel Zeit mit der Suche nach einem Phantom zu verschwenden. Damit würde er seine Position endgültig in Gefahr bringen. Außerdem ging er fest davon aus, dass der Fall Belli in einigen Tagen vom Olymp der Meldungen auf der ersten Seite ohnehin hinabsteigen und nach einer Weile schließlich ganz aus den Medien verschwinden würde.

„Soll ich Ihnen ein Glas Wasser bringen lassen?", fragte Pagano freundlich.

Signora Malvani ahnte, dass diese Freundlichkeit der Auftakt für eine schlechte Nachricht war, und schüttelte den Kopf, um die Sache nicht unnötig in die Länge zu ziehen.

„Leider handelt es sich hierbei um ein Zeichen, das typisch für die Mafia ist, ein Hinweis darauf, dass Ihr Mann ermordet wurde und man seinen Körper hat verschwinden lassen."

Die frischgebackene Witwe brach in Tränen aus. Pagano wartete, bis sie sich wieder beruhigt hatte, und ließ sie dann zum Ausgang bringen. Anschließend informierte er den Staatsanwalt und seinen Vertreter, der die Nachricht innerhalb von zehn Minuten weiterverbreiten würde. Der erste Schritt, um durch Hinweise an die Presse die Karriereleiter nach oben zu steigen.

Zum Schluss rief er seine Mitarbeiter zu einer Besprechung in seinem Büro zusammen.

„Den Fall Belli sind wir los", verkündete er zufrieden und hob ein durchsichtiges Plastiksäckchen mit dem Ehering in die Luft, bevor er es dem Kollegen von der Spurensicherung überreichte. „Das heißt, ihr könnt die Nachforschungen nach Alfredo Guastini unverzüglich einstellen. Ich bin mir sicher, dass er nichts mit der Sache zu tun hat. Die Geschichte mit den Frauenkleidern würde am Ende unnötigerweise irgendwelche Fantasien der Staatsanwaltschaft anfachen."

„Und Nanà?", fragte der Sovrintendente.

„Die überlassen wir ihren Märchen", antwortete Pagano trocken.

Von Alfonsina Malacrida hatte er die Nase voll, die Frau löste Unwohlsein in ihm aus. Er griff über den Schreibtisch und zog eine umfangreiche Akte heran.

„Ich habe einen Traum", verkündete er Martin Luther King zitierend. „Wir sollten diesen Mistkerl von Ansi Grazda festnehmen und beweisen, dass die Kalabresen die Albaner mit Stoff versorgen, die ihn ihrerseits wiederum an die Straßendealer weitergeben."

Seine Mitarbeiter verkniffen sich jeden Kommentar. Pagano verteilte die Aufgaben, verfluchte weiter die Bürokratie und rief einen alten Kollegen an. Als Vorwand wählte er die Spesenabrechnung. Im Grunde ging es ihm um den Respekt zwischen Kollegen einer Generation, die den Kampf gegen das Verbrechen und die Korruption nie hatten aufgeben wollen, sich leider mit Kleinigkeiten und Randerscheinungen herumschlagen mussten, damit die korrupten Politiker wiedergewählt wurden.

Ginevra Malvani schaute auf ihren Parkschein. Sie konnte noch siebzehn Minuten stehen bleiben, und die brauchte sie auch.

Bei Pagano hatte sie die naive Ehefrau gespielt, natürlich hatte sie bei ihm nicht so tun können, als wüsste sie genau, was die Zusendung des Eherings zu bedeuten hatte. Das wäre vermutlich verdächtig gewesen.

Sie schaute auf die goldene Armbanduhr, die ihr Pietro Maria vor vielen Jahren zum Geburtstag geschenkt hatte: noch vierzehn Minuten. Genug Zeit, um die Entscheidung umzusetzen, die sie sofort getroffen hatte, als sie den Inhalt des Umschlags entdeckt hatte. Zu wenig hingegen, um die Gedanken umzusetzen, die sie seit Jahren mühsam unter Kontrolle hielt. Sie musste improvisieren und mehr enthüllen, als sie wollte, und dabei würde sie sich nicht gut fühlen, das wusste sie genau.

Sie wartete bis zum letzten Moment, bis sie den Motor startete und den Gang einlegte. Durch die Vorstädte, vorbei an der mittelalterlichen Stadtmauer, fuhr sie zu einem Immobilienmakler, dessen Schaufenster von der Sonne beleuchtet wurde. Ginevra dachte darüber nach, dass ihr ein grauer, regnerischer Tag lieber gewesen wäre.

Kaum hatte sie das Büro betreten, wurde die Angestellte bleich und sprang auf. Die Signora winkte ab, um sie zu beruhigen, was dem Besitzer nicht verborgen blieb.

„Ich bin eine alte Freundin von Signora Fornasari“, schwindelte sie, „und würde gerne ungestört mit ihr sprechen.“

Der Mann schaute zu seiner Mitarbeiterin hinüber. „Alles in Ordnung, Marianna?“

Als diese nickte, griff er nach seinem Mantel, entschuldigte sich unter einem Vorwand und verschwand.

Signora Malvani blieb stehen, setzte sich nicht auf den Stuhl, den Marianna ihr angeboten hatte. Sie konnte es nicht abwarten, das Büro wieder zu verlassen.

„Ich weiß, wie sehr Sie leiden, und möchte Ihnen persönlich sagen, dass Pietro Maria nicht wiederkommen wird. Man hat mir den Ehering zugeschickt, die Polizei deutet das dahingehend, dass er umgebracht und die Leiche irgendwo entsorgt wurde. Ich halte es für richtig, dass Sie es von mir und nicht aus der Zeitung erfahren.“

Marianna Fornasari brach in Tränen aus, konnte sich kaum beruhigen.

Ginevra seufzte: „Da bei uns zu Hause immer von Ermittlungen und Prozessen die Rede war, ist der Schritt zu Misstrauen und einem gewissen Verdacht nicht weit. Deshalb habe ich es vorgezogen zu schweigen, weil ich in gewisser Weise sehr erleichtert war, dass mein Mann außer mir eine andere Frau hatte."

Die Geliebte hörte ihr gar nicht zu, und Ginevra verließ grußlos das Büro.

Als sie ins Auto stieg, wusste Signora Malvani, warum Marianna ihrem Ehemann gefallen hatte. Große Brüste, weiche Lippen, eine sinnliche Ausstrahlung, die Art, sich zu kleiden und zu bewegen, das war ganz nach seinem Geschmack. Sie hatte das eher vermieden und sich lieber hinter Eleganz und Diskretion verborgen.

Wieder zu Hause, warf sie ein paar Kleidungsstücke in eine Tasche und fuhr in ihr kleines Ferienhaus in einem beliebten Touristenziel in den Dolomiten.

Pietro Maria war nie ein Freund der Berge gewesen und hatte sie selten begleitet. Sie hingegen liebte die Landschaft, und jetzt, da ihr Mann tot war, würde sie die Wohnung in der Stadt verkaufen und ganz aufs Land ziehen.

Sie brauchte drei Stunden, bis sie ihr Ziel erreicht hatte. Die Luft war kalt, sie drehte sofort die Heizung im Haus auf und zündete den Kamin im Wohnzimmer an.

Etwa zehn Minuten später kam ein Mann herein. Er brauchte nicht zu klopfen. Sein Name war Daniele Valeri, er lebte im Nebenhaus und war ein ehemaliger Golfspieler, der sich in das kleine Dorf in den Bergen zurückgezogen hatte und dort von seinem früheren Ruhm zehrte. Außerdem unterrichtete er Profis und reiche Schüler in diesem Sport, der im Grunde nicht gerade viele interessierte. Golf war anstrengend, und die meisten waren Clubmitglieder, die hier Beziehungen knüpfen und Geschäfte machen wollten.

Sie lächelten sich an und küssten sich flüchtig auf den Mund. Der Ankömmling entkorkte eine Flasche Rotwein und füllte zwei Gläser, mit denen sie sich vor den Kamin setzten, tranken und die Wärme des Tannenholzes genossen, das dort brannte.

Reden würden sie später, sie hatten keine Eile. Endlich konnten sie ein gemeinsames Lebensprojekt in die Tat umsetzen, das sie immer als Traum abgetan und über das sie nie gesprochen hatten. Nun drang es als eine unumstößliche Wahrheit ganz tief in ihr Bewusstsein: dass sie ihr Glück einem mehr als rätselhaften Todesfall verdankten.

Daniele war froh über das Verschwinden des Rivalen, der ihm nie sympathisch gewesen war, und erleichtert, dass die Zeit der Heimlichkeit vorbei war und er offiziell Bellis Platz einnehmen konnte. Am liebsten hätte er um das Feuer getanzt und gefeiert. So war das Leben, meist unerbittlich, und man musste ständig so tun, als würde man von guten Gefühlen angetrieben, um nicht in einem falschen Licht zu erscheinen. Da Ginevra sehr schweigsam wirkte, stand er auf und ging zur Tür.

„Du weißt, wo du mich finden kannst, falls du mich brauchst."

Sie streckte die Hand nach ihm aus. „Bleib bitte."

Er folgte ihrer Bitte, ohne sich klar darüber zu sein, dass Pietro Maria Belli sie nie wirklich in Frieden lassen würde. Das war das Schicksal derer, die kein Grab hatten, sodass es für die Hinterbliebenen kein wirkliches Ende gab.

Ginevra wusste das genau. Solange man den Leichnam nicht finden oder das Gericht ihn nach der gesetzlichen Frist für tot erklären würde, wäre sie weiter auf die Rolle der Ehefrau festgenagelt. Alle würden davon ausgehen, dass sie traurig, untröstlich und verbittert war, und das ständig vorzuspielen würde nicht einfach werden.

Was sie allerdings am meisten beunruhigte, war sein gewaltsamer Tod. Sie hoffte, dass das Gefühl der Fassungslosigkeit angesichts des völligen Nichtwissens und des Fehlens von Gerechtigkeit mit der Zeit verschwinden würde, dass die Wahrheit ans Licht kam und die Schuldigen bestraft würden, damit das Ganze einen Sinn bekam. Ginevra wusste sehr wohl, dass sie nie aufhören würde, sich zu fragen, ob man ihren Mann misshandelt oder gar gefoltert hatte, bevor er starb. Dafür interessierte sie sich mehr als für das Motiv. Die Vorstellung, dass ihr Mann unter Angst und Schmerzen aus dem Leben geschieden war, erschien ihr als das Schlimmste überhaupt.

Trotz der Disziplin, die sie als jahrelange heimliche Geliebte gelernt hatte, war Marianna Fornasari so am Boden zerstört und verzweifelt, dass sie fürchtete, ihrem Partner beim Abendessen alles erzählen zu müssen über die Beziehung zu einem außergewöhnlichen Mann, mit dem sie gelacht und Spaß im Bett gehabt hatte.

„Wie mit keinem zuvor.“ Das hatte sie ihm nach dem Sex immer ins Ohr geflüstert.

Marianna war fest davon überzeugt, die wahre Ehefrau von Pietro Maria Belli gewesen zu sein, was er ihr selbst ständig voller Leidenschaft versichert hatte. Aus diesem Grund beanspruchte sie auch das Recht zu trauern und würde vierzig Tage lang nichts als Schwarz tragen.

Nach dem Treffen mit Ginevra Malvani war sie in die kleine Einzimmerwohnung geflüchtet, die Pietro Maria gemietet hatte, um dort die Stunden mit ihr zu verbringen, die sie zwischen Arbeit und Familie für ihn erübrigte, ohne dass jemand Verdacht schöpfte. Sie setzte sich auf den Rand des Bettes, in dem sie gemeinsam unvergessliche Momente der Leidenschaft erlebt hatten, und versuchte sich jeden einzelnen ein letztes Mal vor Augen zu führen, aus Angst, es zu vergessen.

Kennengelernt hatten sie sich im Büro, Belli hatte eine Kollegin begleitet, die von außerhalb kam und eine Wohnung in der Nähe der Zeitung suchte, er hatte sie dabei nicht aus den Augen gelassen und sie angelächelt. Danach war er regelmäßig vorbeigekommen, vorzugsweise dann, wenn ihr Chef nicht da war, und hatte ganz dezent um sie geworben. So hatten sie sich angenähert, Schritt für Schritt und mit aller Vorsicht.

Marianna Fornasari war weder dumm noch naiv. Sie teilte das Schicksal vieler Frauen, die sich meist aus wirtschaftlichen Gründen den Luxus einer Trennung nicht leisten konnten. Eine feste, geheime Beziehung war von daher eine Notwendigkeit, wenngleich schwer zu finden. Man brauchte den richtigen Mann, und das in vielerlei Hinsicht. Marianna hatte nach ihren Kindern noch ein zweites, spätes Glück in Gestalt von Pietro Maria gefunden, der immerhin allen ihren Anforderungen genügte.

Gleich bei ihrem Kennenlernen hatte Belli ihr erzählt, wie verzweifelt er auf der Suche nach einer Frau sei, die er leidenschaftlich lieben könne und mit der sich die Einsamkeit, zu der er verdammt sei, durchbrechen lasse.

Mit Ginevra lief seit Langem nichts mehr, und daran war er schuld, das wusste er, da er überall Fehler und Missstände sah, vielleicht ein Nachteil seines Berufs, der positive Sicht- und Denkweisen eher ausschloss. Und das musste er bei Marianna ablegen, wenn eine Beziehung zwischen ihnen funktionieren sollte. Da sie ebenfalls Probleme hatte, betrachtete er sie beide als zwei Schiffbrüchige, die sich zu neuen Ufern aufmachten.

Seine Rechnung ging auf.

Marianna wurde zum einzigen Menschen, dem er sich anvertraute. Sie wusste über die Recherchen Bescheid, die der Journalist über Alfonsina Malacrida angestellt hatte, und hatte keinen Zweifel, dass diese Frau ihren geliebten Pietro Maria umgebracht hatte. In der Pension Lisbona. Am Tag seines Verschwindens hatte er sie nämlich angerufen, um ihr mitzuteilen, dass sie sich nicht treffen konnten, da er eine Verabredung mit Alfredo Guastini hatte.

Auf die Idee, zur Polizei zu gehen und über ihren Verdacht zu sprechen, kam sie seltsamerweise nicht. In ihrem Kopf spukten Rachegelüste herum, begleitet von brutalen Bildern, die ihre Gedanken vergifteten. Irgendetwas musste sie tun, bloß was? Sie betrachtete die Gegenstände, die mit den Jahren in die Wohnung eingezogen waren, um sie gemütlich und schöner zu machen. Ihr blieben noch etwa drei Wochen, bis die Besitzerin sie rauswerfen würde.

Ein paar Stunden später kniete ein etwa sechzigjähriger Mann vor der Tür, die Marianna Fornasari zuvor sorgfältig verschlossen hatte. In Einbrecherkreisen nannte man ihn die Fee, weil er ausgesprochen geschickt und schnell fast alle Schlösser, die auf dem Markt waren, knacken konnte. Hinter ihm stand Nanàs Cowboy, beobachtete aufmerksam die anderen Wohnungstüren und hoffte, dass sich der Superknacker beeilen würde.

Der Mann stand auf und drückte vorsichtig gegen die Tür, die sich geräuschlos öffnete, woraufhin Nanàs Freund ihm ein paar zusammengefaltete Geldscheine reichte, um ihn für seinen Dienst zu bezahlen, sich ein Paar Latexhandschuhe überstreifte und das Liebesnest des Journalisten, den sonst keiner leiden konnte, betrat.

Neben Alfonsina Malacrida hatte er eine zweite Obsession gehabt: Adriano Imperatori, Marianna Fornasaris Ehemann. Der Cowboy hatte es bei der Lektüre von Bellis Notizbuch entdeckt und darüber hinaus festgestellt, dass er sogar einen billigen Privatdetektiv namens Pino Bottan engagiert hatte, um mehr über diesen Adriano herauszufinden.

Bellis Absicht war es gewesen, nachzuweisen, dass dieser Imperatori Dreck am Stecken hatte, doch bestand das einzige Vergehen dieses Mannes darin, der Ehemann seiner Geliebten zu sein. Ansonsten war er ein einfacher Beamter im mittleren Dienst bei der Stadt, korrekt und von allen respektiert. Er hatte keine Affären und widmete sich in seiner Freizeit den sportlichen Aktivitäten seiner fast erwachsenen Söhne Eugenio und Umberto.

Mit diesen Ergebnissen war Belli gar nicht zufrieden gewesen. Er konnte sich einfach nicht vorstellen, dass jemand so sauber war. Und er hatte recht gehabt. Bottan war nicht clever genug gewesen, Hintergründe zu erkennen, der Cowboy schon. Deshalb stand er jetzt in der Wohnung. Er wollte wissen, was der Journalist seiner Geliebten anvertraut hatte und ob sie Nanà gefährlich werden konnte.

An dem Tag, als Belli das Gift eingenommen hatte, sollte er sich eigentlich mit Marianna treffen und hatte schweren Herzens ihr Rendezvous absagen müssen, wie aus Bellis Notizbuch ganz klar ersichtlich war. Dort hatte er mit seiner nervösen Handschrift alles notiert, was für ihn von Bedeutung gewesen war.

Der Mann mit den Cowboystiefeln durchsuchte die Wohnung gründlich, ohne darauf zu achten, ob er irgendwelche Spuren hinterließ. Er fand einen Laptop, das Album mit den Fotografien, das Belli herumgezeigt hatte, um Fontanas Mörder zu finden, und einige Fotos von Alfonsina Malacrida, die er während einer Beschattungsaktion geschossen hatte. Folglich lag auf der Hand, dass Marianna Fornasari Bescheid wusste und er einen Weg finden musste, um sie auszuschalten. Zu diesem Zweck brauchte er Beweise für ihre Affäre. Nicht lange, und er fand sie. Briefe, Karten und Fotos. Wie die meisten Liebespärchen hatten sie sich völlig in Sicherheit gefühlt an einem Ort, der allein ihnen gehörte.

Die Erinnerungen an die Liebe zwischen Marianna und Pietro Maria landeten zusammen mit dem Computer in einer

Tasche, damit alles noch einmal gründlich durchforstet werden konnte. Nanàs Freund setzte sich aufs Bett und zündete sich eine Zigarette an. Diesmal weniger aus Lust am Rauchen, sondern damit Marianna an dem Geruch des kalten Rauchs wahrnahm, dass Fremde hier gewesen waren.

Alfredo Guastini hatte das Problem mit Belli allein so gelöst, dass es ihn aus der Schusslinie brachte. An die eventuellen Kollateralschäden, die Nanà weiterhin in Gefahr bringen konnten, hatte er nicht gedacht, also kümmerte er sich um alles Weitere. Marianna Fornasari hatte vielleicht am meisten Pech. Sie würde dafür bezahlen müssen, dass sie zu viel wusste.

Adriano Imperatori verstand nicht, warum seine Frau seit einigen Tagen ausschließlich Schwarz trug. Sie schien in Trauer zu sein. Ein paarmal hatte er sie sogar dabei überrascht, wie sie heimlich weinte. Als er sie danach fragte, waren ihre Ausflüchte zu banal gewesen, um wahr zu sein.

Der gutmütige, naive Ehemann hatte es auf ihren Job und die Krise auf dem Immobilienmarkt geschoben. Niemals hätte er an etwas anderes gedacht, erst recht nicht an eine Affäre. Für ihn war es undenkbar, dass seine Frau den geraden Pfad der Ehe verlassen könnte.

Er liebte sie wirklich, und es gefiel ihm, mit ihr gesehen zu werden. Mit dieser schönen Frau, die die Blicke der Männer anzog. Dass sie zudem eine gute Mutter war, rundete für den Ehemann das perfekte Bild ab. Als gleichwertige Lebenspartnerin sah er sie nicht, dazu war er zu konservativ. Für ihn war die Ehe kaum etwas anderes als ein gesellschaftlicher Vertrag, in dem es mehr oder weniger klare Regeln gab.

Und genau das hatte Marianna in die Arme ihres Geliebten getrieben.

Jetzt hatte sie Angst, dass alles aufflog. Sie war zerstreut und verwirrt, sowohl im Büro als auch zu Hause. Und ihr war klar, dass ihr Mann sicher nachfragen würde, ganz blöd war er schließlich nicht. Trotzdem wollte Marianna noch etwas erledigen, bevor sie in ihren normalen Alltag zurückkehrte, und Pietro Maria Gerechtigkeit widerfahren lassen. Lange hatte sie überlegt und sich für die in ihren Augen einzig praktikable Lösung entschieden: Sie würde seiner Frau den Computer mit allen Recherchen zum Mord an Tommaso Fontana zukommen lassen, damit die so tun konnte, als hätte sie ihn in ihrer Wohnung gefunden, wenn sie ihn Commissario Pagano übergab.

Dummerweise war Ginevra auf dem Festnetz nicht zu erreichen gewesen. Sie sei in die Berge gefahren, hörte sie von einer Nachbarin.

Der Tag, an dem der Mietvertrag auslief, rückte immer näher. Die Besitzerin des Hauses hatte sie gleich angerufen, als Belli zum Hauptthema der Presse geworden war, und ihr mitgeteilt, dass sie die Wohnung nicht weiter an eine Mieterin vergeben wolle, deren Partner offenbar durch die Hand der Mafia getötet worden war. Folglich sah Marianna sich gezwungen, die Beweise vorzeitig aus der Wohnung zu holen, zusammen mit einigen Gegenständen, von denen sie sich nicht trennen wollte. Alles würde sie im Abstellraum des Büros deponieren, bis Ginevra endlich aus den Dolomiten zurückkehrte.

Wie erwartet, bemerkte sie den Geruch nach kaltem Rauch, noch bevor sie das Licht angeschaltet hatte, und wusste so, dass jemand in der Wohnung gewesen war. Verzweifelt sank sie auf die Knie, denn damit waren ihre Pläne eindeutig zerstört.

Einige Stunden später kehrte sie ins Büro zurück, verängstigt und sich unablässig umschauend wie ein gejagtes Tier. Das Ausmaß dessen, was geschehen war, vermochte sie nach wie vor nicht zu begreifen.

Als kurz darauf das Telefon klingelte, hatte sie das sichere Gefühl, dass der Anruf nicht beruflicher Natur sein würde.

„Seine letzten Worte galten Ihnen", sagte ein Mann, der anscheinend rauchte, ganz ruhig. „Er wollte, dass wir Ihnen sagen, dass er Sie sehr geliebt hat."

Als sie das hörte, brach sie in Tränen aus. Ihr unbekannter Gesprächspartner wartete ab, bis sie sich wieder beruhigt hatte, damit Marianna den nächsten Teil seiner Nachricht tatsächlich begriff.

„Wir haben uns menschlich korrekt verhalten. Nun sind Sie dran: Vergessen Sie alles. Haben Sie das verstanden?"

„Ich habe verstanden", flüsterte sie in einem unterwürfigen Ton, der keinen Zweifel daran ließ, dass man ihr nichts mehr sagen musste.

Daraufhin verließ der Cowboy die Telefonzelle und steckte sich eine weitere Zigarette an, die er nach dem ersten Zug wegwarf und austrat. Ihm war übel. Angeekelt von sich selbst, dass er so tief gesunken war und die Sache nicht bis zum Ende durchzuziehen vermochte. Ein schwerer Fehler, eine grobe Fehleinschätzung, die einem echten Mafioso nicht passiert wäre. Marianna Fornasari war in Panik, verletzt und wütend, sie würde nicht aufhören, an Pietro zu denken, daran, dass er einem schrecklichen Verbrechen zum Opfer gefallen war, das Gerechtigkeit forderte. Und sie war die Einzige, die davon wusste.

Er sollte recht behalten.

Eine Woche später betrat sie das Polizeipräsidium und fragte nach Commissario Pagano.

„Um was geht es?", fragte der Beamte, der sie empfangen hatte.

„Das möchte ich lieber nicht sagen, es handelt sich um eine heikle Angelegenheit", erwiderte sie leise, damit man sie nicht hörte.

Nach einer halben Stunde Wartezeit, während der sie am liebsten aufgestanden und gegangen wäre, öffnete sich die Tür zu Paganos Büro.

„Kann ich auf Ihre hundertprozentige Diskretion zählen?", fragte sie als Erstes.

„Das kommt ganz drauf an, versprechen kann ich Ihnen das nicht."

Daraufhin holte Marianna Fornasari tief Luft und erzählte ihm alles, was sie wusste, von dem Tag an, als Belli angefangen hatte, im Fall Fontana zu recherchieren, bis zu dem Drohanruf des Unbekannten.

Pagano war sofort klar, was die Aussage der Frau für seine Ermittlungen bedeutete, und reagierte entsprechend. Ohne direkt dazu Stellung zu nehmen, gab er ihr das Gefühl, sie ernst zu nehmen.

Sobald er aber ihr Vertrauen gewonnen hatte, begann er ihre Erwartungen zu enttäuschen.

„Wie Sie mir berichtet haben, ist das Material, das Belli gesammelt hat, verschwunden?"

„Ja, sie haben alles mitgenommen."

„Das heißt, wir haben lediglich Ihre Aussage, die auf Ihren ausdrücklichen Wunsch hin geheim bleiben soll. Ihnen ist klar, vor welche Schwierigkeiten das uns und die Staatsanwaltschaft stellt, wenn der Fall vor Gericht kommen soll?"

„Schon, immerhin haben Sie wenigstens konkrete Anhaltspunkte."

„Sicher, was leider nichts daran ändert, dass Sie absolutes Stillschweigen über das bewahren müssen, was Sie mir erzählt haben. Sonst wird unsere Ermittlungsstrategie torpediert, und die Sicherheit Ihrer Familie kann nicht gewährleistet werden. Dahinter stecken gefährliche Leute, müssen Sie wissen, und wir sind nicht in der Lage, Sie entsprechend zu schützen. Dennoch hoffe ich, dass die Wahrheit irgendwann ans Licht kommt."

Marianna Fornasari verließ ermutigt das Büro und fühlte sich fast geschmeichelt von Paganos Reaktion. Sie hatte eben nicht alles wirklich begriffen.

Der Kommissar jedoch wollte eine Stunde lang nicht gestört werden, um gründlich über das Ganze nachzudenken.

Inzwischen stand fest, dass Alfredo Guastini Tommaso Fontana überfahren hatte. Pietro Maria Belli, getrieben von seinem Hass auf Nanà Malacrida, hatte den Schuldigen entlarvt, und auf dem Weg zu einem klärenden Treffen mit Guastini in der Pension Lisbona hatte man ihn entführt und umgebracht. Nur wer? Die Mafia?

Der Transvestit hatte sie sicher nicht auf den Plan gerufen, wenngleich die Rücksendung des Eherings und der Wortlaut des Drohanrufs auf ihre Beteiligung hinwiesen, ohne dass es nachweisbar war. Wie nichts in diesem Fall.

Der Commissario bestätigte sich noch einmal, dass seine Entscheidung, die Ermittlungen einzustellen, richtig sei. Die einzige Chance, den Fall zu lösen, bestand in dem unwahrscheinlichen Zufall, dass sich ein Kronzeuge meldete. Und was Guastini betraf, der sollte bleiben, wo der Pfeffer wuchs. Im Grunde war es ein dummer Autounfall gewesen, und der sollte ihn nicht davon abhalten, echte Kriminelle hinter Gitter zu bringen.

8.

Seit Tagen regnete es in Strömen, das wichtigste Thema für Fernsehen und Presse.

Bonamente hatte das Haus nicht mehr verlassen, war depressiv, fühlte sich einsam und alleingelassen. Er schaffte es nicht einmal, seinen Alltag zu bewältigen, vergaß seine Medikamente, hielt seine Diät nicht ein. Während er nicht daran glaubte, dass seine Dienstagsfrau je wieder in sein Leben zurückkehrte, hoffte er weiter auf Signor Alfredo. Aber er schien genauso vom Erdboden verschluckt zu sein wie der Journalist. Vergeblich zermarterte er sich das Hirn und kam auf die aberwitzige Idee, dass sie gemeinsam fortgegangen sein könnten und sich ins Ausland abgesetzt hatten. Woher sie sich überhaupt gekannt haben sollten, danach fragte er nicht, sie hatten sich einfach zufällig kennengelernt.

Und genau das hoffte Bonamente auch für sich. Er wollte jemanden treffen, der ihn aus der Einsamkeit riss und sich um ihn kümmerte. Die Pension würde er verkaufen und in eine andere Stadt ziehen, vielleicht sogar in ein anderes Land. Doch er konnte sich noch nicht einmal entschließen, einen Makler zu kontaktieren, und schob das Ganze immer wieder auf.

Auch dieser Tag war an ihm vorbeigezogen wie alle anderen. Gegen Abend stellte er überrascht fest, dass er Hunger hatte. Mühsam erhob er sich vom Sofa. Er würde sich eine Pizza bestellen und sie vor dem Fernseher essen. Und zwar vor seiner neuen Lieblingsserie, in der eine Gruppe von jungen reichen New Yorkern, die zu unglaublicher Bosheit fähig waren, sich gegenseitig das Leben schwer machten.

Er suchte gerade nach der Nummer der Pizzeria, als es zu seiner Verwunderung klingelte. Normalerweise kam niemand mehr um diese Uhrzeit, schon gar nicht, seit er der einzige Bewohner der Pension war. Vielleicht die Polizei? Ängstlich ging er zur Tür. Auf dem Bildschirm der Gegensprechanlage sah er Nanà. Er starrte sie an, abwesend und überglücklich, vergaß darüber sogar, den Summer zu drücken, reagierte erst, als er ihre Stimme hörte.

„Bonamente, ich bitte dich, mach die Tür auf. Es schüttet aus Kübeln."

Er erwartete sie am Aufzug. Ihre nassen Haare klebten am Kopf, sie wirkte zu Tode erschöpft und war trotzdem wunderschön.

Alfonsina war stundenlang unterwegs gewesen, erfuhr er. Sie hatte in einem Viertel eingekauft, in dem sie niemand kannte, weil sie die abfälligen Blicke und das anzügliche Lächeln der Männer in ihrer Gegend, die sie wieder für käuflich hielten, nicht mehr ertrug. Einige Meter vor ihrer Haustür war sie von einer jungen Frau angehalten worden. Daria, Tommaso Fontanas Tochter, die sie zum letzten Mal auf der Beerdigung gesehen hatte.

„Ich stehe bereits eine ganze Weile hier und warte, hatte aber nicht den Mut zu klingeln", hatte das große, hübsche Mädchen gesagt und den Blick gesenkt.

„Was willst du? Wenn es um die Wohnung geht, brauche ich noch ein bisschen Zeit, bevor ich ausziehe."

„Nein, deswegen bin ich nicht da. Ich muss mit dir reden, weil ich das alles verstehen möchte."

„Was denn?"

„Was so alles in den vergangenen Jahren passiert ist."

„Ich glaube nicht, dass ich darüber reden will."

„Du bist es mir schuldig, weil du mir meinen Vater genommen hast."

Der Schmerz, der aus diesen Worten sprach, hatte Alfonsina Malacrida bleich werden lassen. Sie hatte auf eine Bar gezeigt, die von Chinesen geführt und insbesondere von Ausländern besucht wurde.

„Hier haben wir unsere Ruhe."

Sie hatten sich gesetzt und einen Kaffee bestellt, und Daria hatte gleich mit der ersten Frage dafür gesorgt, dass Nanà diesen Tag nie vergessen würde.

„Hat er nie von uns gesprochen?"

„Nein. Immerhin habt ihr euch, soweit ich weiß, oft getroffen, oder?"

„Ja, aber Papa hat nichts von dir erzählt und nie erklärt, warum er die Familie verlassen hat. Und wenn ich ihn beschworen habe, wieder nach Hause zu kommen, hat er immer geantwortet: Es musste eben sein."

„Dazu kann ich leider nichts sagen, es war seine Entscheidung."

„Das glaube ich dir nicht, du musst ihn irgendwie dazu gezwungen haben. Hast du ihn erpresst?"

Alfonsina ignorierte ihre Frage.

„Es wäre alles anders gekommen, wenn ich bei euch in eurem Haus geblieben wäre, bis ich mich erholt hätte. Dann wäre ich gegangen, und Tommaso hätte weiterhin mit seiner Frau und euch Kindern zusammenleben können."

„Du hast recht, das war ein Fehler. Nur warst du für uns ein feindlicher Alien, der sich überhaupt nicht für uns interessiert hat."

„Das stimmt. Damals kam ich gerade aus dem Knast, verurteilt für ein Delikt, das ich nicht begangen hatte. Okay, ich war Prostituierte, habe gedealt, hatte von guten Manieren keine Ahnung. Tommaso hat mir geholfen, ein anderer Mensch zu werden. Ich verdanke ihm alles."

„Dabei wurde seine Familie zerstört."

„Er hat euch immer geliebt."

„Und mit dir zusammengelebt, verdammt! Was glaubst du, wie diese Jahre für uns waren? Nachdem Papa uns verlassen hatte, hat sich eine dumpfe Trauerglocke über unser Haus gelegt. Meine Mutter und mein Bruder, die beiden haben sich nie davon erholt."

„Und du?"

„Für mich war es noch schlimmer. Ich habe dieses Klima der alles überlagernden Trauer nicht mehr ausgehalten und nach fünf Jahren in der Hölle …"

„Hast du geheiratet", fiel Nanà ihr ins Wort.

„Genau. Nach drei Jahren war die Ehe am Ende, und ich bin zurück nach Hause. Ich hätte das Leben als Paar nicht ertragen, hat mir der Therapeut erklärt."

Daria packte sie am Handgelenk. „Habt ihr miteinander geschlafen? Habt ihr euch geliebt?"

„Nein, zwischen uns war nie etwas."

„Und warum hat er sich dann überhaupt ganz für dich entschieden?"

„Er hatte Schuldgefühle, weil er mich vor Gericht nicht von der falschen Anklage reinwaschen konnte. Allein aus diesem Grund hat er sich so selbstlos um mich gekümmert. Wie ein Vater."

„Erklär mir das bitte, hast du ihn all die Jahre wirklich gebraucht? Warst du nicht irgendwann in der Lage, dich um dich selbst zu kümmern?"

„Das ist nicht so einfach", stammelte Nanà.

„Mag sein, jedenfalls hoffe ich, dass du noch irgendwie für das bezahlen wirst, was du uns angetan hast. Du verdienst eine Strafe dafür."

Nanà wäre am liebsten abgehauen und sprang auf, der Stuhl war nach hinten gekippt.

„Und deine Strafe besteht darin, dass die Wohnung, in der du lebst, ab sofort mir gehört, mein Vater hat sie mir nach der Trennung überschrieben. Und ich bin entschlossen, dieses Recht einzufordern und dort einzuziehen. So bald wie möglich. Es ist schließlich das Einzige, was mir von ihm geblieben ist."

In diesem Moment wurde Alfonsina Malacrida klar, dass sie sich für immer von Tommaso Fontana trennen musste, von ihm und den Erinnerungen an seine großzügigen Gesten, die nicht allein positive Konsequenzen gehabt hatten. Sie nahm einen Schlüsselbund aus der Tasche, streckte die Hand über den Tisch und reichte ihn Daria.

„Was soll das heißen?"

„Was wohl? Ich werde keinen Fuß mehr in die Wohnung setzen und will mit keinem von euch jemals wieder etwas zu tun haben. Nicht einmal mit deinem toten Vater. Mir fehlt die Kraft, um mir die Tragödie deiner Familie oder die Fehler deines Vaters auch noch aufzuladen."

„Du bist nie schuld, oder, Nanà?", entgegnete Daria sarkastisch.

Der Drang, sie zu schlagen, war in ihr aufgestiegen wie eine mächtige Welle, doch sie riss sich zusammen und wandte sich zum Gehen.

„Adieu."

Sie würde nichts von ihren Habseligkeiten wiedersehen, außer ein paar Dingen, die sie vorsichtshalber anderweitig untergebracht hatte. Ansonsten war dieses Leben ein für alle Mal für sie beendet. Sie verließ die Bar und lief durch den Regen bis zur Pension, wo sie ihrem Gigolo die ganze Geschichte erzählte.

„Ich weiß nicht, wo ich hinsoll."

„Du kannst hierbleiben, wenn du willst. Ich bin inzwischen der Besitzer."

„Das weiß ich. Mein Freund mit den Cowboystiefeln hat mir davon erzählt."

Nanà war völlig durchnässt und musste sich umziehen. Bonamente bot ihr eine Jeans und einen Pulli an, aber davon wollte sie nichts wissen. Sie schloss sich in Signor Alfredos Zimmer ein, und als sie nach zwanzig Minuten wieder herauskam, hatte sie genau das angezogen, was der alte Besitzer der Pension immer getragen hatte, von Kopf bis Fuß war sie in seine Klamotten gekleidet, trug sogar einen Hut mit Schleier.

„Um dieses Zeug habe ich ihn immer beneidet", sagte sie und drehte sich um die eigene Achse. „Wie sehe ich aus?"

„Wie immer wunderschön."

„Hast du schon gegessen?"

„Ich wollte mir gerade eine Pizza bestellen."

„Besser nicht, ich koche uns etwas Feines."

Sie nahm Besitz von der Küche, genau wie sie es mit Signor Alfredos Kleiderschrank getan hatte. Sogar die Lederschürze fand sie. Bonamente beobachtete sie fasziniert. Er war glücklich, dass sie da und er nicht mehr allein war, so hatte er weniger Angst. Selbst um seine Medikamente kümmerte sie sich.

„Du hast also die Wohnung, in der du mit dem Anwalt gelebt hast, aufgegeben und gehst nicht mehr dorthin zurück", hakte er vorsichtig nach in der Hoffnung, dass er endlich mehr über sie erfahren würde.

„Ja, sie gehört jetzt der Tochter, und die will mich nicht mehr sehen."

„Und was ist mit deinen Sachen, deiner Arbeit? Vielleicht warst du etwas zu voreilig."

Sie schloss die Augen und trank einen Schluck Wein. „Ich habe einfach mit diesem Lebensabschnitt Schluss machen und einen neuen beginnen wollen. Bloß muss ich mir noch überlegen, wie das aussehen soll."

„Wirst du keine Märchen mehr schreiben?"

Die Antwort kam unter vielen Tränen, die Bonamente seiner Dienstagsfrau gar nicht zugetraut hätte.

„Sie werden mir den Erfolg nicht gönnen, sondern mich beim Erscheinen meines nächsten Buches zerreißen."

„Und wie soll es stattdessen weitergehen?"

Sie deutete auf Signor Alfredos Klamotten. „Ich verkleide mich. Nanà Malacrida hat keine Überlebenschancen da draußen“, sagte sie leise, griff nach seinen Händen und drückte sie fest. „Wenigstens ist das hier ein sicheres Versteck, in dem wir beide versuchen können, unseren Frieden wiederzufinden und hin und wieder glücklich zu sein.“

„Und du kümmerst dich um mich?“

„Natürlich.“ Nanà lächelte. „Ich werde niemals auf dich verzichten, du bist ein wichtiger Teil meines Lebens. Jeden Dienstag zwischen drei und vier werde ich zu dir aufs Zimmer kommen, dir das Geld auf den Nachttisch legen, dir etwas zu trinken anbieten, und dann wirst du mich lecken. Das kannst du wirklich gut, weißt du das?“

„Und die Medikamente?“

„Die bereite ich jeden Morgen vor. Zusätzlich werde ich mich um deine Diät, deine Arztbesuche und regelmäßige Kontrollen kümmern.“

Wieder mal brach der Gigolo in Tränen aus, diesmal vor Glück. Sie nahm ihn in den Arm, was sie all die Jahre nie getan hatte.

Als es Zeit war, ins Bett zu gehen, bot er ihr an, bei ihm zu schlafen.

„Es ist weder Dienstag, noch haben wir drei Uhr“, antwortete sie und begab sich in Signor Alfredos Zimmer.

In der Kommode suchte sie nach einem Nachthemd und schlüpfte unter die schwarze Bettdecke mit den goldgelben Rändern. Aber sie konnte nicht einschlafen, zu viel war heute geschehen. Sie hatte die Brücken hinter sich endgültig abgebrochen. Zum Glück hatte sie einen Ort gefunden, an dem sie bleiben konnte und den sie sicher und komfortabel machen wollte.

Für sich und für Bonamente.

Nach einer Weile stand sie auf, griff nach einem Stift und einem Block, machte sich Notizen und zeichnete kleine Skizzen. Nach und nach plante sie Veränderungen, darunter eine neue Zielgruppe von Gästen, für die sie Kleidung entwerfen wollte. Als sie wieder zu Bett ging, graute bereits der Morgen. Ihr Blick fiel auf Signor Alfredos Elektrorasierer, und ihr kam eine Idee.

Am nächsten Morgen kippte Bonamente vor Überraschung die Kinnlade nach unten. Die Dienstagsfrau trug Männerkleidung, hatte sich die Haare kurz geschnitten und deutete auf ihre Brüste.

„Sieht man sie?"

„Leider nein."

„Sehr gut, nach dem Frühstück gehen wir raus."

Sie wollte in alle Geschäfte, in denen Guastini früher eingekauft hatte, um zu sehen, ob man sie als die angebliche Mörderin von Seite eins, die Belli aus ihr gemacht hatte, erkannte. Niemand tat das.

Kurz vor dem Mittagessen sagte sie: „Führ mich zum Essen aus, wir müssen reden."

Zwischen einem Teller Spaghetti mit Tomatensauce und gegrilltem Gemüse erzählte sie von ihren Zukunftsplänen. Alles, was sie vorschlug, schien ihm großartig zu sein.

„Das müssen wir feiern, vielleicht mit einem Nachtisch? Sie machen hier die beste Zuppa inglese der Stadt."

Ihr Zeigefinger signalisierte ein strenges Nein, das ihn an seine Diät erinnern sollte. Dann wechselte sie das Thema.

„Übrigens, merk dir eins, ich möchte nicht mehr Nanà genannt werden."

„Für mich bist du ohnehin eine Signora und meine Dienstagsfrau."

Am Nachmittag baten sie Erminia zu einem Gespräch, um ihr die anstehenden Veränderungen mitzuteilen.

Die Haushälterin nickte zustimmend, musterte allerdings Alfonsina, die ein Kleid von Alfredo trug, dazu seine Sexy-Lady-Perücke und einen passenden Hut mit Schleier.

„Und wer bist du?"

Die unbekannte Person reichte ihr die Hand. „Ich bin Alfonsina, Signora Alfonsina. Ihr Mann Ronaldo und Sie bekommen im Augenblick weiter Ihren üblichen Lohn, später, wenn Sie neue Aufgaben erhalten, reden wir noch mal über die Bezahlung."

Erminia lächelte, nicht wegen der guten Nachricht bezüglich des Geldes, sondern weil Alfonsina ihr erstaunlicherweise ausnehmend gut gefiel. Offenbar hatte sie, die einstige Homohasserin, bei Signor Alfredo ganz erhebliche Fortschritte gemacht.

Während der nächsten drei Monate wurde umgebaut, und die Arbeiten verschlangen Bonamentes gesamte Ersparnisse. Alfonsina verhandelte in Perücke, Hut und Schleier, schmeichelte, spornte die Handwerker an oder kritisierte. Jedes Detail sollte perfekt sein.

Nach und nach wurde sie ruhiger, schien sich in ihrer neuen Persönlichkeit als Signora Alfonsina sehr wohlzufühlen.

Und zu ihrer großen Zufriedenheit kam niemand auf die Idee, dass der Kopf unter der Perücke der berühmten Nanà Malacrida gehörte. Und das, obwohl ihr Verschwinden aus der Wohnung, die sie mit Tommaso Fontana geteilt hatte, den Journalisten nicht verborgen geblieben war. Selbst zu den wildesten Spekulationen hatten sie sich hinreißen lassen. Die Pressestelle der Staatsanwaltschaft hingegen hatte eine Erklärung herausgegeben, dass es keinerlei Grund gebe, sie weiter zu suchen. Hin und wieder tauchte ihr Bild in einer Fernsehsendung auf, in der nach vermissten Personen gefahndet wurde, und Vermutungen wurden laut, dass sie vielleicht nicht freiwillig verschwunden war.

Bonamente hielt sie über all das auf dem Laufenden. Sie selbst las keine Zeitung, hörte kein Radio, hielt sich von Social Media fern und schaute im Fernsehen nichts als alte Liebesfilme. Gemeinsam saßen sie dann auf dem Sofa und kuschelten sich unter die Wolldecke, die früher Signor Alfredo am liebsten benutzt hatte.

Ein einziges Mal hatte ihr Freund die Vereinbarung, nicht über die Vergangenheit zu reden, gebrochen. Nach langem Zögern hatte er ihr erzählt, dass ihr Verleger ihr letztes Märchenbuch veröffentlicht hatte und den Verbleib ihrer Bücher im Verlagskatalog garantierte.

„Willst du es kaufen?"

„Nein danke, ich fliehe sogar vor meiner Vergangenheit als Schriftstellerin."

„Du könntest unter einem Pseudonym schreiben."

„Das würde nicht funktionieren, sie finden dich immer. Und schon gar, wenn du Erfolg hast."

Bonamente verstand sie nicht. „Du bist so gut! Warum willst du das Schreiben aus deinem Leben verbannen?"

Sie verspürte keine Lust, eine so intime Frage mit ihm zu besprechen. Jedes Wort, das man schrieb, war ein Ergebnis dessen, wer man war.

„Signora Alfonsina schreibt nicht und liest keine Märchen, die gefallen ihr nicht. Klar?", erwiderte sie knapp und wenig freundlich.

Es wurde nie wieder über dieses Thema gesprochen.

Irgendwann schlug Alfonsina vor, den Namen der Pension zu ändern. Vergeblich. Diesmal blieb der langjährige Mieter hart.

„Das möchte ich Signor Alfredo nicht antun."

Es war das einzige Mal, dass er sich einer Idee seiner Dienstagsfrau widersetzte.

Gleichfalls scheiterte er bei ihr mit etwas. Er verstand nicht, warum sie keine Werbung im Internet machen wollte.

„Gäste, die sich aufgrund von anonymen Bewertungen für oder gegen die Pension entscheiden, brauchen wir nicht. Die würden sich bei uns nicht wohlfühlen, weil wir das Internet nicht nutzen. Wer gezielt in die Pension Lisbona kommt, möchte mit den Social Media nichts zu tun haben, verstanden?"

„Und wie soll die Werbung funktionieren?"

Nanà deutete in Richtung Dach. „Ein Schild da oben, blinkend und blau, wie in den alten Hollywoodfilmen."

Bonamente ahnte, worauf sie anspielte.

Er hatte einmal eine Rolle in einem Film mit einer Gangbang-Szene gespielt, in der eine schöne, unschuldige Jungfrau gevögelt wurde, die sich später als gierige Vampirin herausstellte. Auch dort hatte es eine blinkende Leuchtreklame gegeben, deren Licht auf die von Öl, Schweiß und düsterer Leidenschaft glänzenden Körper gefallen war.

„Und du meinst, das reicht, um auf uns aufmerksam zu machen?"

„Bei den Leuten, die zu Boden starren und ihr Handy am Ohr haben, sicherlich nicht. Für Kunden, die es gewohnt sind, nach oben zu schauen, sehr wohl. Verstehst du, was ich meine?"

Nicht wirklich oder eher gar nicht, doch da sie ihn immer wieder überraschte, beschloss er, nicht nachzufragen. Auch nicht, als eines Abends kurz vor dem Abendessen ein alter Buchhändler mehrere Bücherkisten vorbeibrachte, als sollte in der Pension eine Bibliothek eröffnet werden.

Am Weihnachtstag sah die Pension immer noch wie ein Schlachtfeld aus, mittendrin aber stand ein Baum wie früher, für den Alfonsina sich alte Fotos als Vorbild genommen hatte. An diesem Morgen um acht Uhr hatte es an seiner Tür geklopft und seine Dienstagsfrau hatte vor ihm gestanden, nackt.

„Alles Liebe. Ich bin dein Geschenk", hatte sie gesagt, war frierend unter die Decke geschlüpft und hatte ihn zu sich gebeten. „Du hast Glück, Weihnachten fällt auf einen Dienstag."

Ein paar Wochen später hatte die Einweihung stattgefunden, zu der Alfonsina Erminia, ihren Mann sowie den Typ mit den Cowboystiefeln eingeladen hatte. Ohne es zu wissen, trug sie an diesem Tag dieselben Kleider wie Signor Alfredo, als er den Journalisten vergiftet hatte. Nur sah sie wunderschön aus und war voller Leben.

Bonamente konnte den Blick nicht von ihr abwenden und verzieh ihr sogar, dass sie diesen unfreundlichen Mann eingeladen hatte, der ihn verhöhnt und respektlos behandelt hatte.

Als wollte er das wiedergutmachen, kam der Cowboy irgendwann auf ihn zu und deutete auf Alfonsina.

„Dank dir lächelt sie wieder. Du bist ein guter Mann, wobei es ehrlich gesagt eine schlechte Idee von Nanà war, in die Pension zurückzukommen. Die Bullen sind inzwischen davon überzeugt, dass ihr euch nie begegnet seid. Und wenn sie herausfinden, dass ihr gelogen habt, werden sie euch noch des Mordes an Tommaso Fontana anklagen."

„Ich dachte, die alte Geschichte interessiert niemanden mehr", murmelte Bonamente unbehaglich.

Der Mann mit den Cowboystiefeln sah ihn mitleidig an. Er kannte sich zu gut aus, um zu glauben, dass Nanàs Märchenstunde ewig Bestand hatte. Irgendwann würde die Polizei herausfinden, wer sich hinter dem Schleier dieser lächerlichen kleinen Hütchen verbarg. Und wenn ihnen klar wurde, dass man sie verarscht hatte, war ganz gewiss die Kacke am Dampfen. Leider wollte Alfonsina das nicht wahrhaben. Ihre verzweifelten Versuche, dem Schicksal zu entfliehen, hatten sie blind und taub gemacht.

Aus diesem Grund würde er sich darum kümmern, dass ihr Traum nicht in einer weiteren Tragödie endete.

Ein letztes Glas, ein letzter Kuss, und er verließ die Pension Lisbona. Wenn er das nächste Mal dort erschien, würde er keine guten Nachrichten mitbringen, davon war er fest überzeugt.

9.

Der erste Gast war ein Musiker, ein Saxofonist, um genau zu sein.

„Ich habe das Schild vom Taxi aus gesehen", erklärte er. „Gott sei Dank, denn ich habe eine lange Reise hinter mir und bin sehr müde."

Alfonsina servierte ihm einen Aperitif und lud ihn zum Abendessen ein. Die beiden plauderten angeregt, Bonamente hörte schweigend zu. Als sie in den Salon gingen, blieb er im Esszimmer und räumte das Geschirr in die Küche.

„Bist du mit dem Typ verheiratet?", erkundigte sich der Saxofonist.

„Nein", antwortete sie zerstreut, „eigentlich ist er mein Gigolo."

Der Musiker fragte nicht weiter, vielleicht sagte sie die Wahrheit, vielleicht nicht. Es war ihm egal. Als Musiker um die Welt zu reisen hatte ihn gelehrt, keine Vorurteile zu haben. Die Frau, die sich trotz ihres jugendlichen Alters kleidete wie seine Mutter, amüsierte ihn. Er war überzeugt, dass das nichts als eine Pose war, ein Tick, eine Angewohnheit oder sogar eine bewusst gewählte Verkleidung. Irgendwie hatte er das Gefühl, sie seit einer Ewigkeit zu kennen. Und er beschloss, ihr zu vertrauen, etwas, das er so gut wie nie machte.

„Darf ich dir eine Geschichte erzählen?", fragte er Alfonsina.
„Sicher."

Seine Geschichte war ziemlich lang.

Seine Tournee in New York war ein echter Erfolg gewesen. Er hatte ein paar Konzerte im La MaMa gegeben, einem der Avantgardetheater aus den Siebzigerjahren. Da donnerstags dort Ruhetag war, hatte sein Agent ihm vorgeschlagen, in einem Lokal in der 44. Straße zu spielen, zusammen mit einigen amerikanischen Musikern.

Enthusiastisch hatte er zugestimmt, es war eine einmalige Gelegenheit gewesen, und er wollte auf sich aufmerksam machen, sein Bestes geben. Er hatte sich auf seinen Atem konzentriert, und wie so oft war er nach dem ersten Ton in die Welt der Gefühle eingetaucht, in seine Welt und die seiner Musik.

Am Ende des zweiten Stücks hatten die Scheinwerfer ihr Licht auf die Tische in der ersten Reihe geworfen, wo das Publikum begeistert applaudierte. Beim dritten Song hatte das Piano solo begonnen, dann waren die Gitarre und das Schlagzeug eingestiegen. Das Saxofon sollte nach acht Takten mit dem Thema einsetzen, doch er hatte ins Publikum gestarrt und nicht gespielt.

Und nicht nur das. Er hatte sogar das Instrument abgestellt und die Bühne verlassen, woraufhin die anderen Musiker sich fassungslos angesehen hatten. Spielten Italiener nie das dritte Stück? Eine Art Aberglauben? Man wusste ja nie, was in den Köpfen der anderen vorging.

Alles Unsinn.

Der Grund war ein anderer. Sein Blick war auf eine wunderschöne Frau gefallen, und nicht irgendeine, sondern auf Claribel Reyes.

In New York jemanden zu treffen, den man kannte, war sehr selten. Eine Frau zu treffen, die man vor zehn Jahren in Managua kennengelernt hatte, war noch seltener. Die Frau zu treffen, die man liebte, mit der man das ganze Leben verbringen wollte und die man durch ein geplatztes Rendezvous verloren hatte, war außergewöhnlich, selbst im Leben eines weltgewandten Saxofonisten.

Sie hatten sich im Gang gegenübergestanden, schweigend und tief bewegt, und nach einer endlos langen Weile hatten sie sich geküsst.

Claribel und der Saxofonist hatten sich wiedergetroffen, aus reinem Zufall, wie auf dem Bürgersteig vor einer Bar. Er hatte die anderen Musiker und den ziemlich wütenden Organisator des Abends einfach stehenlassen, sie hatte ihre Freundin alleingelassen, die sie zu diesem Konzertbesuch gedrängt hatte, weil diese Musik Claribel immer an eine verlorene Liebe erinnerte.

Eilig waren sie in ein Taxi gesprungen, um miteinander zu schlafen wie damals in Managua, am Abend des 31. Dezember. Der Himmel war sternenklar gewesen, das Feuerwerk hatte die Nacht erstrahlen lassen. Zwei Monate begleitete sie ihn damals auf seiner Tournee. Anschließend hatten ihn die Musik und das Leben weit von Nicaragua weggeführt. Er hatte ihr versprochen zurückzukommen, ohne es wirklich ernst zu meinen.

Und plötzlich sah er sie in New York wieder. Aber sie war gegangen, als er noch schlief, und hatte ihm ein Stück Papier hinterlassen. Seitdem hatte er Claribel im Herzen und ihre Adresse auf einem Zettel in seiner Jackentasche. Ein Versuch, noch einmal Kontakt mit ihr aufzunehmen, war gescheitert, sie wohnte nicht mehr dort. Zur gleichen Zeit schien seine italienische Beziehung an einen Tiefpunkt geraten zu sein.

„Ich bin heute Morgen zurückgekommen“, sagte der Saxofonist, nachdem er seine Geschichte beendet hatte, „und suche nach einem ruhigen Ort zum Nachdenken.“

„Red keinen Unsinn, du leidest wie ein Hund, und du willst dich hier verstecken, um vor Einsamkeit zu sterben. Du hast nicht den Mut, dich irgendwo sehen zu lassen, vor allem nicht bei der Frau, mit der du früher zusammengelebt hast. Und du hast keine Ahnung, wie du wieder in ihr Leben oder in ihr Bett zurückkehren kannst.“ Sie öffnete den Schrank mit den Spirituosen, nahm eine Flasche und zwei Gläser heraus. „Zum Glück bist du am richtigen Ort. In der Pension Lisbona kümmern wir uns um Menschen, die Hilfe brauchen, und unterstützen das durch die Poesie besonderer Branntweine. Komm“, sagte sie und griff nach seiner Hand.

Von Bonamente beobachtet, verschwand seine Dienstagsfrau mit dem Musiker und einer Flasche auf dessen Zimmer und füllte die Gläser.

„Das erste trinkst du auf ex.“

„Was ist das?“

„Weißer Tequila, der Schutzheilige der Flüchtigen und der unmöglichen Liebe. Achte auf die Kräuter und am Ende auf die Limette und die Grapefruit, bevor die Kehle rau wird und das Feuer in deinem Magen brennt.“

Über den Tequila gab es viel zu erzählen, ebenso über die Zauberei der Azteken und der Señora de Guadalupe, der Schutzheiligen der Mexikaner, und nach der halben Flasche fragte Alfonsina den Musiker, ob er gerne mit ihr schlafen würde.

„Das wollte ich gleich, als ich dich das erste Mal gesehen habe."

Gegen vier Uhr morgens kehrte sie auf ihr Zimmer zurück. Dem Gigolo entging es nicht. Um diese Zeit hatte er damit gerechnet, denn Signor Alfredo war ebenfalls nicht die ganze Nacht auf dem Zimmer der Gäste geblieben. Er hörte noch, wie der Saxofonist zu spielen begann.

„Er komponiert was für unsere Pension", dachte er stolz und schlief ein, eingelullt von der Musik.

Einige Stunden später trafen er und Alfonsina sich in der Küche, wo sie mit Erminia das Frühstück machte. Sie küsste ihn und reichte ihm seine Medikamente, die er morgens nehmen musste.

„Er wird spät aufstehen, du weißt ja, wie Musiker so sind", meinte sie, doch kurze Zeit später stand der Saxofonist in der Küche, sein Instrument hielt er in den Händen.

„Ich habe ein Stück komponiert", verkündete er leicht verlegen, „ich habe es *Der verzauberte Reisende* genannt."

„Das würde ich gerne hören", sagte die Dienstagsfrau, und Bonamente wäre vor lauter Begeisterung beinahe mal wieder in Tränen ausgebrochen.

Zum Glück half ihm sein gesunder Menschenverstand, rechtzeitig den Raum zu verlassen und die peinliche Szene zu vermeiden. Einige Zeit später verließ er mit dem Einkaufszettel in der Hand die Pension. Bank, Post, Geschäfte. Für die Bingohalle oder das Einkaufszentrum hatte er keine Zeit mehr, es gab zu viel zu tun, er trug inzwischen Verantwortung, hatte Verpflichtungen. Über seine Krankheit dachte er jetzt anders. Der Tod machte ihm weniger Angst. Genauso wie das Leben. Er hatte sein eigenes Leben, das seine Dienstagsfrau für ihn kreiert hatte. Seine Signora.

Epilog

Die Zeit verging, mittlerweile waren es vierzehn Monate, in denen Alfonsina nicht von der Vergangenheit eingeholt worden war. Unter ihrer Leitung hatte die Pension neuen Zulauf bekommen, die Zimmer waren immer im Voraus ausgebucht. Und wer einmal Gast gewesen war, kam meist wieder. Das lag zu einem großen Teil an ihr, ihrer Schönheit und ihrer Kenntnisse über Hochprozentiges. Vierzehn Monate, in denen sie sich wie neu geboren fühlte. Wenn man sich neu zu erfinden verstand, konnte man innerhalb eines Lebens mehrere Leben haben. Und am schönsten war es, wenn man für sich ein Märchen erfand.

An einem Donnerstag, der Himmel war blau und es ging langsam auf den Abend zu, erschien der Mann mit den Cowboystiefeln in der Pension. Als Geschenk brachte er eine ganz besondere Flasche mit. Als Nanà das Etikett las, wusste sie, dass es vorbei war. Noch einmal, und dann wäre nichts mehr, wie es gewesen war.

Der Whisky stammte von einer schottischen Insel, die Destillerie existierte nicht mehr, sie war im 19. Jahrhundert von einer Feuersbrunst zerstört worden. Erst Jahre später fand man zwischen den Ruinen etwa hundert unbeschädigte Fässer. Diese Flasche hatte also eine lange Geschichte, die vom

Unglück geprägt war. Von Anfang an. Man sagte, der Whisky enthalte den Geist des Seemanns, der von der Rückkehr auf sein Schiff träume, weil er sich ein Leben auf dem Festland nicht vorstellen wolle.

Und für Nanà bedeutete es, die Utopie aufzugeben, ihrem Namen und ihrer Geschichte entfliehen zu können.

„Sie haben dich entdeckt, und die Dinge werden ihren Gang nehmen."

Irgendjemand hatte sie im Viertel erkannt und sie irgendwann mit der Pension Lisbona in Verbindung gebracht. Das Gerücht hatte sich unaufhaltsam verbreitet und war bis zu Pagano und seiner Truppe gelangt, die daraufhin ein paar Untersuchungen angestellt hatte.

Der Cowboy hatte vorausschauend ein Abkommen mit einem Polizisten aus Paganos Team getroffen. Und zwar mit einem, der einen missratenen Neffen hatte, der in die Klauen eines Wucherers geraten war. Als Gegenleistung dafür, dass die Angelegenheit zugunsten des Neffen geregelt worden war, hatte er den Polizisten gebeten, ihn über alle Einzelheiten im Fall Alfonsina Malacrida, genannt Nanà, auf dem Laufenden zu halten.

Und deshalb wusste er, dass man seinem Schützling erneut auf der Spur war.

Nanà weinte, war abwechselnd wütend und traurig und kippte ein großes Glas Whisky hinunter.

„Werden sie mich festnehmen?"

„Nicht gleich. Leider ist der Kommissar stocksauer, dass er sich von einer Vorbestraften, einem alternden Pornodarsteller und einem Transvestiten auf der Flucht an der Nase hat herumführen lassen. Er will euch wegen des Mordes an Tommaso vor Gericht bringen, hat aber klugerweise entschieden, den Bau des Kartenhauses der Verdächtigungen der Öffentlichkeit zu überlassen. Es wird einen Hinweis in den Nachrichten geben. Und sobald die öffentliche Meinung euch schuldig gesprochen und verurteilt hat, die Medien euch an den Pranger gestellt haben, wird Pagano persönlich erscheinen und, begleitet von Journalisten und Fernsehkameras, die Verhaftung vornehmen. Ein Fernsehteam will dich gleich morgen hochnehmen."

So war es immer: Was Ordnungshüter, Richter und Medien anging, wusch eine Hand die andere, wenn es darum ging, das Urteil in eine bestimmte Richtung zu lenken.

Nanàs Verzweiflung kannte keine Grenzen. „In den Knast gehe ich nicht zurück, eher bringe ich mich um."

Ihr Freund glaubte ihr das blind, und am liebsten hätte er sie tröstend in den Arm genommen. Stattdessen zündete er sich eine weitere Zigarette an.

„Das wird nicht passieren, keine Sorge, du wirst in ein paar Stunden die Stadt verlassen. Es ist bereits alles organisiert."

Sie konnte das, was sie gerade gehört hatte, kaum fassen. „Und die Pension, die Gäste, ich kann ja nicht einfach alles zurücklassen."

„Hör auf, eine Rolle zu spielen, und erinnere dich daran, wer du bist", wies der Cowboy sie eiskalt zurecht. „Du bist nichts als ein alter Zirkusbär und musst nach der Musik der Polizei und der Klatschpresse tanzen, damit sich die Masse der grausamen Idioten da draußen amüsieren kann. Solltest du geglaubt haben, dass dein Käfig immer offen steht, dann war das ein schrecklicher Irrtum. In Wirklichkeit hast du auf deinen Auftritt gewartet. Und um dich zu retten, musst du umgehend deine kleine Höhle aufgeben, in die du dich geflüchtet hast. Und dass das so kommen konnte, ist allein deine Schuld. Denn du weißt ganz genau, dass Menschen wie du kein Recht darauf haben, vergessen zu werden." Abwehrend hob sie die Hände, ohne dass er zu reden aufhörte. „Solange du Alfonsina Malacrida heißt, wirst du dieser verdammte Tanzbär bleiben. Sie werden dich nicht mal als Tote in Ruhe lassen, in dem Moment wird ein Shitstorm in den Social Media losbrechen. Die einzige Chance, ihnen zu entkommen, ist die Flucht. Du musst für immer verschwinden und so tun, als hätte dich der Erdboden verschluckt."

Für einen kurzen Moment schaute sie ihn widerwillig an. Sie wusste genau, dass er recht hatte und so energisch und hart mit ihr sprach, um sie aus ihrer dumpfen Verzweiflung zu reißen.

Als sie wieder einigermaßen klar denken konnte, fiel ihr ein, dass sie noch gar nicht nach ihrem Geschäftspartner gefragt hatte.

„Und Bonamente? Was ist mit ihm? Er muss mich unbedingt begleiten."

Der Mann mit den Cowboystiefeln, der immer die schmutzigen Arbeiten erledigte, seufzte. Diese Frage hatte er vorhergesehen. Einerseits wäre es ihm lieber gewesen, wenn sie allein fortgegangen wäre, andererseits durfte der naive ehemalige Pornoheld, der nicht ganz unbekannt im Viertel war, auf keinen Fall der Polizei und den Medien in die Hände fallen. Selbst als komplett Unschuldiger nicht. Er würde dem Druck nicht standhalten und sich früher oder später irgendwelche Informationen entlocken lassen.

„Wo sollen wir hin? Und mit welchem Geld? Wir haben kaum Rücklagen, die Pension beginnt gerade erst, Gewinne …"

„In den Süden sollt ihr", wurde sie unterbrochen.

Es war eine Lüge oder eine Ausrede, alles andere war zu kompliziert. Sämtliche Flüchtende nahmen diese Richtung, weil der Süden Wärme bedeutete und weil er etwas Einladendes hatte, man konnte sich vorstellen, dort neu anzufangen, was wie so vieles andere jedoch eher eine Illusion war.

„Das Geld ist kein Problem, ich habe an alles gedacht", beruhigte er sie.

In der Tat hatte er ihre Flucht gleich an dem Tag vorbereitet, als sie die Pension eingeweiht hatten, und für ausreichend Kapital gesorgt.

Selbst dafür brauchte er Verbindungen und Geschäftspraktiken, die nicht legal waren. Die Flucht vor dem Gesetz war teuer. In diesem Fall hatte er einige Informationen von Pietro Maria Bellis Notizblock verkaufen müssen, um das vorhandene Kapital aufzustocken.

„Ich hole euch gegen drei Uhr morgens ab", sagte er und erhob sich, „ganz leichtes Gepäck, bitte. Und keine Erinnerungsstücke, mit denen man euch womöglich identifizieren kann."

Danach verließ er die Pension und drehte eine Runde, um zu überprüfen, dass ihm niemand folgte. Irgendwann blieb er stehen und betrachtete das blau leuchtende Schild der Pension. Die Fahne von Nanàs märchenhaftem Reich, aus dem sie jetzt fliehen musste, weit weg, und dem sie wahrscheinlich eine Mordanklage verdankte. Aber mit Sicherheit würde ihre

Abwesenheit den medialen Zirkus davon abhalten, einen Prozess zu verlangen. Man brauchte einen Körper, den man ausstellen konnte, den man beschimpfen und auslachen konnte. Nur so ließen sich Gefühle wecken.

Der Mann blieb noch eine Weile stehen und machte sich Vorwürfe, dass er damals Alfonsinas Angebot, mit ihm zu schlafen, nicht angenommen hatte. Weil es seine Freundin eifersüchtig gemacht hätte. Eifersucht war immer übel. Sie hatte sogar eine Rolle gespielt bei den Todesfällen von Tommaso Fontana und Pietro Maria Belli. Beziehungen waren falsch verstanden worden und hatten zu einer unglückseligen Verkettung von Umständen geführt und diverse Kollateralschäden ausgelöst.

Er machte sich auf die Suche nach einem Tabakladen, weil er keine Zigaretten mehr hatte. Anschließend würde er ins Hotel zurückkehren, wo sich das Team eingemietet hatte, das Alfonsina Malacrida auflauern wollte, um das Terrain zu sondieren und herauszufinden, was sie vorhatten.

Nanà war so erstarrt, dass sie sich wie ein Automat bewegte. Es war ihr so gut wie unmöglich, sich überhaupt auf etwas zu konzentrieren. Eine übereilte Flucht war das Letzte, mit dem sie gerechnet hatte, und ihr war klar, dass sie nicht einmal mit Anstand und Würde gehen konnte, sondern sich wie eine Verbrecherin in der Dunkelheit auf Zehenspitzen aus ihrem Leben schleichen musste.

„Ich muss mit dir reden", sagte sie zu Bonamente, als er von seinen Besorgungen zurückkehrte. „Warte im Zimmer auf mich. Ich komme sofort."

„Ist etwas passiert?“, fragte der Gigolo, den das gequälte Lächeln seiner Dienstagsfrau alarmiert hatte.

Statt zu antworten, griff sie nach der Sprechanlage und bat alle Gäste in den Salon. Im Augenblick waren gerade mal zwei im Haus. Signora Giusi, eine Anwältin, die nicht in Gerichtssälen verkehrte, sondern in den Büros großer europäischer Firmen, die wohlhabend und erfolgreich war, allerdings hin und wieder eine Auszeit von Beruf, Ehemann und pubertierendem Sohn brauchte. Der zweite anwesende Gast war Francesco, ein radikaler Philosoph um die sechzig mit wirren Haaren und Ideen, der gerade seine Abhandlung über die These beendete, dass eine psychotische Epidemie über die Medien hereingebrochen sei und der neu aufkommende Rassismus auf der Niederlage der weißen Arbeiter beruhe, die früher von der Solidarität der Gesellschaft und dem wirtschaftlichen Fortschritt profitiert hätten und jetzt nicht mehr genug Geld verdienten.

Die abwesenden Gäste gehörten zu einer Theatertruppe, die für ein Sam-Shepard-Stück probte, das die lokale Kritik als langweiligen Radical Chic eingestuft hatte. Die Mitglieder wollten nach den Proben noch eine Pizza essen und erst später in die Pension kommen.

„Es tut mir leid“, wandte Alfonsina sich an Giusi und Francesco, „dass ich euch empfehlen muss, nach einer anderen Unterkunft Ausschau zu halten. Morgen wird eine feindliche Pressemeute unsere Pension heimsuchen, und das möchte ich euch ersparen. Ich wüsste eine qualitativ ansprechende Alternative für euch.“

Nanà servierte ihnen noch ein paar vage Hinweise, um was es sich handelte, ohne konkret zu werden, woraufhin beide

Verständnis zeigten und bereit waren, der Empfehlung zu folgen. Sie konnten es sich einfach nicht leisten, im Zusammenhang mit dubiosen Polizeiaktionen genannt zu werden und einen guten Ruf zu verlieren. Um die Theatertruppe kümmerte sie sich ebenfalls, indem sie die Produktionsgesellschaft anrief und sie in Kenntnis setzte, dass die Schauspieler wegen eines Wasserschadens anderswo untergebracht werden müssten. Zum Schluss ging sie entschlossen in Zimmer drei.

Bonamente saß auf seinem Lieblingssessel und erwartete sie. Sie sprach, er gestikulierte, legte seine Hände auf die Brust, auf das Gesicht und den Kopf, je nachdem, wie ernst die Worte waren, die über Nanàs Lippen kamen.

Natürlich begann er zu weinen, und selbst sie konnte die Tränen nicht zurückhalten.

„Ich kann hier nicht weg." Er wischte sich die Tränen aus dem Gesicht. „Ich bin für ein abenteuerliches Leben nicht gemacht. Außerdem muss ich auf meine Gesundheit achten, wie du weißt."

„Das stimmt, aber hör mir gut zu. Ich kann dir felsenfest versichern, dass in einem italienischen Gefängnis niemand auf deine Medikamente und deine Kontrolluntersuchungen achten wird", hielt sie ihm vor und legte eine Hand an seine Wange. „Begleite mich, Bonamente, ich bitte dich ganz inständig darum. Zu deinem und meinem Besten."

„Du wüsstest nicht, was du dienstags machen sollst", sagte er todernst. „Soll ich aus diesem Grund mit?"

Nanà verschlug es die Sprache.

Dieser Satz, der völlig unpassend und fast witzig klang, brachte ihren Schutzwall zum Einsturz, den sie sich in all den

Jahren aufgebaut hatte, um Distanz zu wahren, wo und wann immer sie welche brauchte. Erst brach sie in Gelächter aus, dann küsste sie ihn lange und zärtlich. Es war eine Zärtlichkeit, die sie die ganze Zeit irgendwo in sich verborgen gehalten hatte und die ihren Gigolo überzeugte, was er tun musste.

Kurze Zeit später, während er auf den leeren Trolley sah, den er zu füllen hatte, tief verwirrt und glücklich von der Liebesbekundung seiner Dienstagsfrau, dachte er darüber nach, dass er durch seine Flucht ins Ausland und eine neue Identität jedes Recht auf die Pension verlieren würde. Er griff nach einem Blatt Papier und einem Stift und schrieb einen Brief an seinen Notar. Denselben, an den sich Signor Alfredo vor seiner Flucht gewandt hatte. Dann rief er Erminia zu sich.

„Komm morgen nicht, lass dich ein paar Tage nicht sehen."

„Warum? Was ist los?"

„Alfonsina und ich müssen weg, wir haben leider keine andere Wahl."

„Warum? Was ist los?", fragte die Frau verzweifelt. „Irgendwann gehen alle weg, und an mich denkt dabei niemand."

„Ich hinterlasse dir die Pension. Es ist richtig, dass du sie bekommst. Dann musst du dir keine Sorgen mehr um deine Tochter und deinen Schwiegersohn machen."

„Was soll ich sagen? Danke und viel Glück", erwiderte sie nach einer Weile traurig und verlegen.

Um drei Uhr morgens schlüpften Alfonsina Malacrida und Bonamente Fanzago aus der Pension Lisbona. Der Mann mit den Cowboystiefeln wartete seit etwa zwanzig Minuten auf sie. Der Ausflug ins Hotel, in dem die Presse abgestiegen war, war ein Schlag ins Wasser gewesen. Die Kameraleute, die Journalisten und die Autoren hatten sich in der Bar breitgemacht, doch es war nichts aus ihnen herauszubekommen. Und als er vorsichtig nach dem Grund ihres Aufenthalts in der Stadt gefragt hatte, hatten sie ihm irgendwelchen Unsinn erzählt. Das waren Profis, kein Zweifel.

Jetzt fuhren sie schweigend durch die Dunkelheit. Die einzigen Stimmen, die zu hören waren, drangen aus dem Radio. Zwei Soziologen kommentierten eine kürzlich veröffentlichte Studie über die Gefühle der Italiener, der zufolge vor allem Groll, Missgunst und Gleichgültigkeit weit verbreitet waren. Als sie neben einem Möbellager nahe einer Autobahnausfahrt parkten, beruhigten sie gerade die Zuhörer, dass sich die Situation auf jeden Fall wieder verbessern werde. Mit der Zeit.

Der Mann mit den Cowboystiefeln hielt neben einer dunklen, luxuriös wirkenden Limousine, in der zwei ältere, gut gekleidete Herrschaften saßen. Sie stellten sich als Roberto und Mathilde vor und versprachen, die beiden bis zu ihrem ersten Ziel zu bringen, danach würden sie abgelöst werden.

„Danke“, sagte Alfonsina zu ihrem Cowboy.

„In Ordnung. Ich versuche schlicht die Schuldgefühle im Griff zu behalten, meine und die von Tommaso“, antwortete er mit großem Ernst und großer Aufrichtigkeit.

Es war ein Abschied für immer.

Am liebsten hätte sie die Zeit angehalten und ihn gebeten, ihr endlich die Wahrheit zu sagen, die er ihr zu ihrem eigenen Besten, wie er es zu nennen pflegte, immer verschwiegen hatte. Alfonsina wusste, dass sie ein Recht darauf hatte, und dieses Wissen hatte sich in einen alten, rostigen Nagel verwandelt, der in ihrem Herzen und ihrem Kopf steckte. Sie spürte, dass die Ungerechtigkeit sie Tag für Tag mehr vergiftete. Es würde wenig helfen, sich in das Abenteuer eines neuen Lebens zu stürzen, sie musste zumindest versuchen, das Bedürfnis nach Wahrheit zu stillen. Sie hatte vergessen, Alfonsina Malacrida zu sein, als sie Signor Alfredos Kleidung in der Pension Lisbona getragen hatte. Jetzt war sie gezwungen, sich Unbekannten anzuvertrauen und sich ins Nichts zu stürzen. Und das war noch einmal etwas ganz anderes.

Diese Gedanken behielt Nanà für sich. Sie umarmte den Mann mit den Cowboystiefeln zum Abschied und stieg ins Auto.

Die Pressemeute tauchte gegen halb zehn vor der Pension Lisbona auf und wunderte sich, dass niemand aufmachte. Einer unter ihnen, bekannt für seine Hartnäckigkeit, mit der er seine Opfer verfolgte, zuckte nicht mit der Wimper. Er improvisierte und begann sogleich von einer Flucht des mörderischen Liebespaars zu schwafeln. Natürlich verbuchte er die Enthüllung des kriminellen Komplotts, das zur Ermordung von Tommaso Fontana geführt hatte, für sich und präsentierte der Öffentlichkeit die Version, die er mit Commissario Pagano abgesprochen hatte. Überall hingen Fotos der Flüchtigen aus, und die beiden wurden wie üblich häufig irgendwo gesehen, von Mythomanen, Spaßvögeln und selbst ernannten aufmerksamen Bürgern.

Erst einige Monate später, als sie auch offiziell als gesuchte Verdächtige galten, konnte von den Ordnungshütern festgestellt werden, dass sie über Südtirol nach Österreich gereist waren. Weitere Spuren führten nach Wien, Berlin und Hamburg. Wie es schien, hatten sie sich dort eingeschifft.

Die Klatschpresse widmete ihnen einen Altar, an dem man sich an sie erinnern konnte, bis sie irgendwann aufgespürt würden und zur Verfügung stünden. Nach der herrschenden Meinung konnten eine perverse Nutte, noch dazu eine Mörderin, und ein abgehalfterter Gigolo nicht so clever sein oder von irgendwem geschützt werden, sodass sie einfach vom Erdboden verschwanden.

Der Mann mit den Cowboystiefeln kam regelmäßig alle zwei Monate abends in eine Bar, trank Bier, aß Spareribs und hörte gute Musik. Die Kneipe befand sich in einer ruhigen Kleinstadt auf dem Land, wo nie etwas Besonderes passierte und die einige Autostunden von der Stadt entfernt war. Er stieg ins Auto und fuhr ins Zentrum. In der Nähe des Rathauses stand eine abgelegene Telefonzelle. Er hatte lange gebraucht, um sie zu finden, tippte auswendig die Nummer einer Seilerei und wartete auf Antwort.

„Wie geht es ihnen?“, fragte er ohne Begrüßung.

„Gut“, sagte Signor Alfredo.

Und alles in allem stimmte das sogar. Aus Sicherheitsgründen lebten die beiden noch an verschiedenen Orten, aber sie hatten dafür gesorgt, dass sie sich einmal in der Woche treffen konnten. Natürlich dienstags. Zwischen drei und vier.

Danksagung

Ich danke Silvia Rota für die kompetente Beratung in Sachen Spirituosen. Sie hat mir den Blick auf die fantastische Welt aus Destillierkolben, Geschichten und Legenden eröffnet, die von den Inseln Schottlands bis nach Guatemala reicht.

TransferBibliothek CLII

Die Originalausgabe ist 2020 unter dem Titel *La signora del martedì* bei Edizioni e/o, Rom, erschienen.
© 2020 by Massimo Carlotto. Published by arrangement with United Stories Agency – Roma.

Die Drucklegung erfolgte mit freundlicher Unterstützung durch die Abteilung für deutsche Kultur in der Südtiroler Landesregierung.

AUTONOME PROVINZ BOZEN SÜDTIROL
PROVINCIA AUTONOMA DI BOLZANO ALTO ADIGE
Deutsche Kultur

Das Umschlagfoto stammt von Ferdinando Scianna / Getty Images / Contrasto.

© der deutschsprachigen Ausgabe
FOLIO Verlag Bozen 2020
Alle Rechte vorbehalten

Lektorat: Joe Rabl
Grafische Gestaltung: Dall'O & Freunde
Druckvorbereitung: Typoplus, Frangart
Printed in Europe

ISBN 978-3-85256-815-7

www.folioverlag.com

E-Book ISBN 978-3-99037-109-1